佫靈陌 著

長歲宴

美人妝 上冊

白象文化

目錄

楔子
山南水北，相逢無期

陣陣馬蹄聲越來越刺耳，穆宴雛坐在馬車中，不禁感歎：可惜了這千里瞿城，給了夏侯徵這個奸人。

瞿城一會，穆宴雛逃過一劫，狼狽的離開。身邊的親信一個不留被砍殺，她有多處擦傷，最深的一劍避開了心臟，好在保住了性命。回燕都途中，穆宴雛疼痛難忍，在河邊取水時屢次暈過去。好不容易抵達府上，已是落下了病根。

「宴雛。」

淡淡的叫喚，格外清冷。

他十八九歲的年紀，身姿挺拔，眉間總是一股殺氣，眼睛卻充滿溫柔。

穆宴雛掃視四周，瞥了他一眼，在鞦韆上搖晃。他抓住鞦韆繩，慢慢搖動，生怕傷了她。

居高臨下的姿態，穆宴雛心生幾分膽怯。

「我要走了，你要照顧好自己。沒人陪你玩的時候，就去騎馬，抓幾隻兔子回來解解悶。」他平淡的說著，絲毫沒有笑容。

穆宴雛抬起頭，望著他那雙微藍的眼睛，想起一個少年，不由得搖頭。

那年，穆宴雛不過八歲的年紀，在林子裡讀書讀得乏了，便扔下書走了。突如其來的一聲「這位姑娘」喊住她，只見與她一般大小的少年雙手作揖，笑道：「剛到燕都，不知湘城如何前往，望姑娘指點一二。」

「不知曉。」穆宴雛性子極其高傲，撇了撇嘴，歪著頭一臉笑意。「我看你生得俊美，不妨陪我玩會兒。」

少年走到她跟前，蹲下身子道：「我見姑娘錦衣美玉，定是哪戶大家的千金。既然姑娘開口，那我不如就從命了。」

穆宴雛哪裡愛玩，她自小清冷，平日除了看看書跟著兄長練練武，就是跑去高樓吹吹風。有時候，獨自坐在屋簷頂一個晚上，直到天亮。她只見這個少年一身黑衣，淺淺笑意讓人很是驚訝，便下意識逗他，不曾料到少年倒是爽快的答應下來。

對於穆宴雛來說，哪怕只是坐在河邊扔石子，爬上樹摘果子，躺在地上說著自己的故事，都覺得十分愉快。一個養尊處優的小姐，厭倦了規矩和繁瑣的禮儀，和那些只會低頭說話的婢女。今天出現一位能陪她玩樂的少年，自然是欣喜不已。

太晚未歸府，府裡的侍衛和婢女紛紛尋找起來。尋著了小姐，這個時候穆宴雛正咬著烤魚和少年道別，沒注意婢女們站在身後。回過頭，他們帶著笑意，好奇的看著少年。

「自此一別，不知日後能否再見？」少年跳上船，歎了口氣。

黑夜下的他，臉色蒼白，逐漸展開笑容，「水遠山長，望姑娘一路安好。」

穆宴雛咬咬牙，笑出聲：「告訴我你的名字，我來找你。」

「不必。」少年一瞬間好氣又好笑，笑得像隻狐狸，有一點妖媚。船漸行漸遠，消失在遠處。

那個時候的穆宴雛怎麼會知道，他的出現絕非偶然，並且還帶給了她一場天大的災難。

只是，水複山重，雲煙消散，誰又認得彼此。

樹下鞦韆架，空蕩蕩地搖擺。

第一章 公子安淮

雪下了幾天幾夜，整個燕都白茫茫一片。

高樓歌舞昇平，有心之人依舊吹簫。

穆府張燈結綵，裡外熱鬧，府中人各自有說有笑，一片和樂。穆雛宴坐在內房讀著密函，周圍的燈忽明忽暗。門外突然響起叩門聲，她急忙收起密函，靜靜地打開門。原來是個後院的婢女，替夫人傳消息：不過是尋常壽辰，小姐大可不必赴約。

她平時冷清，不願沾染這些事情，夫人心裡明白倒也隨她去。趁著府上沒人看著她，找了一匹好馬，直奔西城的密林。

天冷得可怕。穆雛宴把自己裹得嚴嚴實實，咳嗽了幾聲。十四歲的身板，強行支撐著這身厚重的衣裳，難免有些力不從心。她抬手擦了擦自己臉頰，垂下眼眸，一絲狡黠略過。

密林東邊有座最高的城樓，每當夜晚降臨，總有各家的姑娘在上面放長生燈，祈禱美好的願望。天冷，來的姑娘也少。穆宴雛跳下馬，臉頰通紅，火辣辣的疼。她搓了搓手，站在最高處俯瞰整個燕都。

「姑娘可覺得這長生燈好看？」

穆宴雛微微側臉，並沒有看清身後的人。聽聲音便能猜測是個女孩兒，溫潤的口音像是南方人。穆宴雛張了張口，也沒有回答。女孩兒倒也不生氣，繞到穆宴雛眼前，笑盈盈舉起長生燈，

「多虧這雪來得及時，天寒得狠，也沒有仗可以打。來到這裡的都是有心人，姑娘不妨放一盞，圖個樂也好。」

她依然沒有回答，站在原地不知所措。

過會兒，身子開始僵硬，穆宴離點下頭，接過女孩兒手中點燃的長生燈，默默祈禱弟弟的病早日好起來。穆宴離呆呆地望著漆黑的天，出神許久。

世人皆知，燕都地處中原，掌控各國的軍事要塞。即使現在戰亂不停，燕都依然保持攻守一致，在各國之間立足。可燕都不是大國，沒有鄰邦相助，若是一旦失守，那便是亡國。

穆宴離裹緊狐裘，緩緩閉上眼睛。還未睜開眼，就被一股力量強行拉了過去。

沒看清對方是誰，穆宴離利索拔出腰間的刀，抵在他喉嚨上。月光微亮，灑在她的臉上，對方見著她的臉愣是失神了許久。大概是沒見過那麼兇悍的姑娘，他竟然笑出了聲：「你好像不怕我。」

「你的身手還不如我，怕你做什麼。」穆宴離將刀抵得更高了，沒好氣地白了他一眼，「鬼鬼祟祟，哪裡來的賊？」

這小姑娘是瞎了嗎？他的眼神變得冰冷，一把推開穆宴離，反手扼制住她的喉嚨，低聲道：「最好趁早離開，不然會死得很快。」

話音剛落，突如其來的箭擦過穆宴離的肩膀，在狐裘上劃出一個大大的口。穆宴離來不及惋惜這件珍貴的狐裘，就被他用力推開，摔倒在地。穆宴離還沒反應過來，兩把人刀就架在她的脖子上，不敢輕舉妄動。

「這丫頭哪裡來的？」長滿鬍渣子的官兵一臉疑惑。

「不是王上要的人，放走。」

穆宴雛臉色蒼白，掙扎著從地上爬起來，一刀割破官兵的喉嚨，驚得其餘的人面面相覷，臉色驟變，揮著刀砍向穆宴雛，斷了她的後路。只要再後退幾步，就是樓層邊緣。如此高的距離，摔下去定當粉身碎骨。穆宴雛同時也注意到了他們的官服，金黑色，燕都皇城中人。

他冷冷的盯著那些官兵，輕輕搖頭：「一個姑娘家，逼她跳下去過分了吧？」

「那不如謝公子跟隨我們進城一趟，正好免去了不必要的麻煩。」官兵把穆宴雛拎到他面前，插著腰，「走吧。」

謝安淮衣著華貴，碎髮在風中凌亂，目光深邃，笑得神祕莫測。穆宴雛隨著他的目光移動，看見還有一個人在他們的身後。那般模樣，如同月下清池，乾淨且不可琢磨。

少年坦坦蕩蕩走到謝安淮旁，畢恭畢敬道：「公子。」

「這燕都的主人邀請我們進城一敘，我看，要不去會會他？」謝安淮瞥了眼穆宴雛，氣鼓鼓的臉頰像隻河豚，眉眼間幾分囂張色，聲音稚嫩。「把這姑娘帶上，我與她挺有眼緣。」

他倒是這般強求。

穆宴雛可是不願意。雖然官兵面前不好說話，但她的身分也不是鬧著玩。府上正辦著壽辰，沒人注意她出了府。想著出來吹吹風便回去，晚歸要被家主罰跪三個時辰，抄經文一百遍。最重要的是，她還有密函上的消息沒有破解。官兵前後分開看守，穆宴雛沒有機會可以離開，只好被帶進城裡。

萬家燈火點亮燕都的夜。微不足道的光亮在黑暗閃耀，悄無聲息。穆宴雛拉緊狐裘，把頭埋在裡面。雙手僵得不能動彈，只能抓著謝安淮的胳臂，以免掉下馬去。

身後擁著她的少年，不過十六的樣子，卻是格外穩重。

冷風襲來，穆宴雛打了個寒顫，不知不覺睡去。

穆宴雛睜開一雙清冷的眸子，發現自己躺在床上。精美的雕花床，金描牡丹的香爐散發淡淡的檀香。她抓了幾下頭髮，腦子空白一片，便起身下床洗漱。等換洗乾淨，穆宴雛打開沉重的房門，左右兩側各有侍女站立。她們規規矩矩俯個身，其中一人道：「王上吩咐了，待姑娘醒來，就可以離開。姑娘若是要見謝公子，請自行方便。」

見她良久不語，兩個侍女相互看了一眼，便明白大概用意，識趣的帶著她到偏殿。

「西，宮。」

雪紛紛揚揚的下起來，正好應了梅花的景。不得不說，這裡梅花開的真好，覆蓋厚厚的一層雪，不均勻的點點淺紅色若隱若現，如同用墨潑出的畫。難得的是，梅花奇香，與以往不同，可飄香十里。若非真的如此，穆宴雛還以為眼前所見並不是梅。

西宮，雕刻細緻，每一處都是獨具匠心。侍女掀起簾子，穆宴雛看見幾個人坐於亭內談事。她目光碰到謝安淮之處，驚訝不已。

謝安淮白衣勝雪，眼眸似星辰，鼻樑挺拔，似笑非笑的聽著黃衣男子娓娓道來。另外一個少年則雙手抱胸，立於左側，溫柔地看著穆宴雛。黃衣男子察覺到異樣，朝著穆宴雛的方向瞅了一眼，揮了揮手，侍女們便退下。

「見過王上。」穆宴雛跪下朝著黃衣男子磕了個頭，長跪不起。她手心都是汗水，緊張到大氣不敢喘一聲。

燕王「嗯」了一聲，細細打量眼前這個小姑娘。才多大的孩子，眉眼就像春風沐浴過一般，看著舒服溫暖，可那雙眸子冷的狠。

是隻養不熟的狼嗎？

燕王擺擺手道：「過來。」

穆宴雛不敢說什麼，老老實實的起身到燕王跟頭。謝安淮驚訝的睇起眼睛，扶額笑了笑，和少年對視了一眼。謝安淮進了燕城，無數雙眼睛盯著他，如今想離開卻被禁錮。表面上和燕王喝酒談談事，私底下他可清楚燕王不過是利用他罷了。

「你是燕都人。哪家的千金？」

穆宴雛頓時臉紅耳赤，低下頭回答：「回王上，家主是延尉，我是家中么女。」

「延尉，可是穆公？」燕王突然伸手摸了摸穆宴雛的頭，竟然有幾分憐惜之意。

這份舉動，穆宴雛心一沉，全身發抖。她不知道燕王的意思，下意識後退幾步，正好踩到謝安淮的腳，踉蹌幾步才站穩。謝安淮撐著臉，也沒多說。

「家主是穆公。」

「……」

「你叫什麼名字？」

「穆宴雛。」

「多大了？」

「十四了。」

燕王於是笑了，舉起酒杯，道：「會喝酒嗎？」

穆宴雛點頭。她極其愛喝酒，特別是甘醇之酒。家主平日疼愛她，為她尋了不少好酒，都在酒窯子藏著。穆宴雛這些年身子不大好，也就被禁了酒。房裡藏的幾罐，還是弟弟偷偷送給她。

燕王遞給穆宴雛一杯酒，濃烈的芳香撲鼻而來，令人心醉。燕王賜酒，實在是莫大的榮幸，她眼睛瞪得圓圓的，一口喝下去，身子瞬間暖和起來。果真，皇家的酒百年難求。玉液瓊漿，穆宴雛不禁大為讚歎。

「你可知這是什麼酒？」謝安淮玩味地看著她，風度翩翩。

皇家的酒，少說也是百年好酒。此酒烈性，入口及熱，加了草藥，又是甘露之味，穆宴雛脫口而出是桑落酒，燕王眼中幾分贊許。

雪下得越來越大，天色也暗淡下來。宮人們點著燈，排排站立在亭子外等候。穆宴雛把燕王的一壇好酒全部喝完了，半分醉意也無。幾人說說笑笑有幾個時辰，燕王覺得天色已晚，便先行回宮，留下穆宴雛和兩個少年。

「你怎麼把一罈桑落酒喝完了，我都還沒嘗到半點。姑娘家那麼愛喝酒，還醉不倒，我看你是酒窯子裡長大的吧！」謝安淮壞笑著，惹的她哭笑不得。

她不是天生愛喝酒。跟著家主在外的那幾年，日日夜夜以酒為伴，漸漸的，上了癮。家主告訴穆宴雛，酒是個好東西，能解愁，能忘憂，最得他這老人家歡心了。幾年前，穆宴雛還小，酒喝多了傷身體，每次都舔幾口過過癮。現在，喝酒都是躲著人。

穆宴雛淺笑：「我倒想泡在酒罐子裡，喝個酩酊大醉。但這些年，我身子虛弱，很少碰酒了。王上的好酒，讓我想起和家主在塞外的時候，把酒言歡，對酒當歌，好不快活。你說你想喝桑落酒，那你知曉何為桑落酒？」

不是故意刁難，她無聲的噓一口氣，無奈的自嘲。

桑落酒，顧名思義，桑葉凋落，桑落泉的泉水釀製，味道獨特。

謝安淮再次歎息，少年也滿臉笑意，穆宴雛半響後也仰天大笑。

「流水遇知音，我還以為你會是我的解語花。」穆宴雛笑得合不攏嘴，看了看腳下，陷入沉思。

是她想錯了。

丁點大的姑娘，這話還真的是令人匪夷所思。謝安淮解下風衣，套在穆宴雛身上，溫柔地拍拍她肩膀：「別著涼。」

「你是誰？」

他說他叫謝安淮，金陵人。和手下路過燕都時，正巧碰上燕都官兵巡查，由於身分暴露，被人告知燕王。燕王早已忌憚金陵已久，正好藉這個機會處理他。原本那天想上高樓避一陣子，不巧碰到穆宴雛，之後的事情穆宴雛也就知道了。說著說著，謝安淮似乎後悔當時太過衝動，不然他們應該平安離開燕都了。

穆宴雛秀眉一縮，隱隱開始擔心穆府上下已經四處尋找她。家主和母親發現她不見，定然震怒萬分。

「我要走了。」穆宴雛挑了挑眉，漫不經心地道：「王上已經准許我離開。哦，對了，那個時候，謝謝你啊！」

「等等。」謝安淮面露難色，「不留下陪我幾天？」

「我與你並無關係，為何要留下？王宮這地方，可不是穆府，一不小心容易沒命。」穆宴雛將身子向後一轉，揚長而去。

雪已經停了，穆宴雛緩慢踏著腳步，留下一串長長的腳印。身上披著謝安淮的風衣，抿緊唇，思緒開始混亂。

出了西宮，就是前殿，然後是城門。穆宴雛牽著馬到了門口，還未上馬，便聽見身後有人呼喊，「燕王出宮，全部回避。」

大門打開，所有人單膝跪下，不敢抬頭。穆宴雛望著馬車，白玉鑲嵌，精美華麗。馬車在穆宴雛旁停了下來，燕王掀開簾子，「上來。」

穆宴雛猶豫會兒，上了馬車。

車內寬敞，燕王正襟危坐，長長的墨髮，朱色的衣袍，細長的眼睛盯著穆宴雛，溫柔的能掐出水來。穆宴雛這次沒有恐慌，反而一臉嚴肅地坐著。燕王開口道：「雛兒這次進宮可真是讓本王意外。這戲演得可真好，沒有一點破綻。」

「王上過獎了。」

穆宴雛是燕王搜羅而來的死士，準確的說，燕王送了穆府榮華富貴，她替燕王賣命。第一次見面，燕王十五歲，而她才九歲。燕王在塞外看上這個小女孩，並且救了她一命。穆宴雛實在聰明，燕王越看越喜歡。再次見面，便賜她瓔珞項鏈，告訴她要做的事情——學會破解各國密函。他們之間一直以書信保持聯繫，平日就過著普通的生活。

「那個謝安淮的出現遠遠沒有那麼簡單。本王看他沒有破綻，也看不出他的用意所在。金陵地處要塞，是個易守難攻之地，他們的人能到燕都，說明各國已經有要動手。本王需要你跟著他們一起走，拿到各國的密函，才能準確知道下一步該怎麼走。」燕王頓了頓，捏了捏穆宴雛的臉頰，如同在哄小孩一般，溫柔如初。

穆宴雛沒有笑意：「王上的意思是，今晚動手？」

「不，緩幾日。」燕王變回冷冷的臉，食指在腿上跳動，「到那天，我會安排一場假戲，讓穆府的人都以為你出事了。屆時，你便不再是穆府的千金。你接受嗎？」

穆宴雛跪在燕王腳下，忍住心痛，一字一句道：「自從那晚我答應王上，就沒有後悔的餘地。我祝福王上，能早日開闊疆土，願我燕國百年長安。」

字字誅心，斷了她所有的念想。

燕王展開笑意，扶起穆宴雛，若有所思。

這段日子，還真不太平。

穆府上下找穆宴雛找得快瘋了，看到她回府，最激動的是家主。他雖然疼愛這個女兒，但該有的規矩還是要有。穆宴雛被關進藏書閣面壁思過，抄寫經書一百遍，沒有一個月不准出來。這正好應了燕王的意思，她離開那天沒人會懷疑。

藏書閣四面掛滿穆家歷代收藏的名畫，上下兩層樓都藏有絕本，牆壁上的畫也是格外精美。整座藏書閣除了大門，並無其他出路。婢女一天會送三次膳食，除此之外，大門是緊緊閉著。外頭上了鎖，從裡面無法打開。穆宴雛皺起眉頭，在木雕桌前跪坐，拿起筆沾了墨，細細抄起經書來。

一日復一日。

穆宴雛突然笑了起來，明亮的眼睛一眨一眨，鮮明如同秋水。她把手伸進裡衣，摸著那瓔珞項鏈，思緒快速飛轉。

五年前秋，穆宴雛跟隨家主到燕都邊界的軍營探訪齊將軍。那年，燕都和東緬正好處於休戰，士兵們都在準備過冬的糧食。穆公知曉穆宴雛一個人在大帳裡待不住，便遣了小廝帶她到四處逛逛。

大漠孤煙直，長河落日圓。一望無際的草原，牛羊成群，還有漂亮的桑格拉祖姑娘哼著歌謠，和意中人傳達愛意。

穆宴雛梳著雙平髻，一身紅衣華服，腰間繫著美玉，滿臉春風得意。還未長開的年紀，卻眼波盈盈，齒如含貝，甚是招人喜歡。她穩穩地坐在馬背上，左顧右盼，吵嚷著要自己騎。

小廝有穆公的命令，不可讓她獨自騎馬。穆宴雛可不管這個，顧不得小廝驚恐的眼神，策馬向著林子奔去。在林子裡溜達一圈後，覺得索然無味，於是尋了個乾淨的地兒打個盹兒。

戌時已到，天已經完全黑下來，穆宴雛視線被擋，看不清任何東西。她有些害怕，摸索著爬上馬，慢慢的向前行。遠處傳來火光，零零散散，細碎的腳步聲離穆宴雛越來越接近。穆宴雛小心翼翼的跳下馬，躲在樹後偷偷觀察情況。

大約有幾十來人，全身黑色，蒙著面，手持大刀，刀上還留有未乾的血跡。穆宴雛驚恐地不敢動一動，她一眼就看出，那些人的打扮不是燕國的士兵。

也不知道什麼東西驚動了馬，馬竟然衝了出去，所有人立刻轉頭看向穆宴雛這個方向。一個燕都裝扮的女童，瑟瑟發抖的看著他們，眼淚都快掉下來。

「這小孩是燕都人。」

「殺了吧。」

人狠起來就是野獸，一見獵物就撕咬，這是本性。

穆宴雛一聽見「殺」字，立馬掉頭就跑。此時，忽然有人喊道：「來這邊。」聲音是從東南方向傳來，穆宴雛拼了命的往那裡跑，有幾個人騎著馬在徘徊。

「救我。」她幾乎要哭出了聲。

為首的少年伸出手，將她拉上馬，護在胸前。「我們走，此地不宜久留。」

「諾。」

他們很快的離開了這林子，火光消失在了黑暗中。

少年將她送到軍營十里外的位置，可以讓她安全回去。少年將她抱下馬，負手站立道：「以後不可一個人跑那麼遠玩。現在仗還沒打完，萬事小心。」

「哦，」穆宴雛低下頭，不敢直視少年的眼睛，「剛才……」

話還未說出口，就被打斷。「主子，再不走就來不及了。」

「你自己小心。」少年語重心長道。

只是一眼，穆宴雛便永遠也忘不掉。她望著少年的背影，心不由得痛了一下，隨即又無奈的笑笑。

她喃喃道：「即見君子，雲胡不喜。」

大門外響起沉重的解鎖聲，穆宴雛回過神，繼續抄寫經書。侍女提著精美的食盒，將舊的換走。這婢女好像是新來的，穆宴雛從未見過。她仔細想想，拉住剛要離去的婢女，笑的慵懶。

「你年紀不大，活著還有很多希望，死了不怕嗎？」穆宴雛挑了挑眉，注視半響，「有什麼理由讓你為他死？」

那婢女不答。

「說吧，你們打算什麼時候放我走？」穆宴雛歪著頭，黝黑的眼瞳閃閃發亮，沒有笑容。

不出意料，燕王這兩日已經放走那兩個少年。按理來講，穆宴雛也該行動了。婢女露出詭異的笑容，甩開穆宴雛的手，在食盒最下層找出一封信交給她。婢女告訴穆宴雛，今晚出了這穆府，向西行，自然會碰到他們。剩下的事情，燕王會處理妥當。

婢女勾起嘴角，淡定的說了句：「所謂冰凍三尺非一日之寒，你一路小心。」

大門再次鎖上，穆宴雛艱難的抬起頭，望著空蕩的天壁，對未知的前方充滿擔心和害怕。她最放不下她年幼病重的弟弟，沒能陪他多幾年，懊惱萬分。夜晚如期而至，此時穆府上下除了看守的侍衛，其餘人都已經熄燈而眠。穆宴雛踏上馬，最後望了穆府一眼，斬斷情意，掉頭離去。

北風呼嘯，刺骨的風劃過她的臉頰，沒有絲毫溫度。當她放下身分的那一刻起，就沒有任何權力讓人聽命於她，哪怕是個小小的婢女。雪花飛旋著飄落，落在她身上，瞬間融化。

原本以為此事能順利，可她終究還是太天真了。半路被一群來路不明的人擋住去路，穆宴雛直接衝了過去，後面的人緊追不捨，她似乎預料到了這是燕王的意思。

燕王根本就是打算要殺了她。

穆宴雛靈機一動，進入密林，從另一個方向口出來。那幫人也不是傻子，很快就從密林出來，向著西邊前行。馬力漸漸不支，在馬倒下的最後一刻，她終於見到了謝安淮。

「你怎麼在這裡？」謝安淮扶起穆宴雛，「來。」

她還沒來得及躲藏，追兵就到了，不過和剛才並不是一路人。這次是名正言順的官兵。很顯然，他們是衝著謝安淮和少年來的。

「人太多，你先上馬。」謝安淮拔出劍，手背上的筋脈清晰可見。他眼裡充滿殺氣，白衣白雪，多了幾分清冷。「喬翊，殺到城門外。」

喬翊道：「是，公子。」

謝安淮殺伐果斷，一劍擊中心臟，反手就是一條人命。穆宴雛拉著韁繩，忐忑不安。這裡只有兩匹馬，她斷然不能先離開。僵持了一會兒，對方死傷不少。謝安淮大口喘著氣，體力透支。趁著現在還有力氣，謝安淮跳上馬背，摟著她直奔城門外，喬翊緊跟其後。

穆宴雛忍不住回過頭，看著身後繁華的燕都，終究，是沒了她。從今往後，她只是燕王的死士，不死不休，別無他念。

風越捲越烈，身子越來越涼，燕都，越來越遠。

她願，就此花落人亡兩不知。

無緣，再聽一曲白雪。

金陵風景優美，地處江南，沒有北方寒冷。天剛亮，漁人撒網，婦人采桑，各家嫋嫋炊煙，書堂裡傳出朗朗的讀書聲，還有頑皮孩子的嬉笑聲。

這裡各國往來的商人特別多，大街小巷隨處可見，販賣珠寶，稀奇玩意兒。穆宴雛還是頭次見到小孩子玩的珠子，放在眼前透過陽光，裡面有五彩的流光。

最讓穆宴雛喜歡的是，那些屏上會動的人偶。聽著說書人一唱一和，萬分有趣。

謝安淮到金陵後，一直在客棧休息，閉門不出。每次陪她出去的，都是喬翊。穆宴雛看到想要的東西，就默默地瞧幾眼，然後低著頭離開。

來金陵有四五天了，回想起當時的攔路人，穆宴雛皺著眉頭，對燕王產生了恐懼。她原本以為是燕王為了製造被追捕的假象，好讓謝安淮順理成章的相信。仔細一想，他們手中的大刀是開鋒，當時也並無人讓路，這樣一來就可疑了。

雖然不知道發生了什麼變故，但是穆宴雛很確定當時那股殺機是真的。若非情況有變，燕王怎麼會突然間變了計畫，這讓穆宴雛百思不得其解。從燕都到金陵，爬山涉水半個月，燕王全無消息，穆宴雛目前毫無頭緒，並且頭疼的要命。

「讓開！」

大街上眾人紛紛避讓，空出一條大道。穆宴雛不小心被人撞到胳膊，她那小身板子虛弱的狠，踉蹌了幾步沒站穩，直直摔倒在地。手心被腰間的刀柄口處劃傷，鮮紅的血液瞬間噴湧而出，隱隱作疼。

腋下被一雙溫暖的手托起，將她從地上撈起。「疼嗎？」

「疼。」穆宴雛實話實說。

謝安淮翻開她的手掌心，心下一緊，瞥了她幾眼。「被人欺負了？」

「不是，是我自己不小心。」

「這裡常有王室子弟出行，常人都是要避讓，難免會因為擁擠而造成一些事情，以後要小心。」謝安淮示意喬翊給她處理傷口，自己則望著人群的方向，見一宮服女子策馬而來，意氣風發。

那女子姿色上乘，眉眼如畫，如初開的牡丹嬌豔。謝安淮笑了笑，瞅了穆宴雛幾眼，那委屈巴巴的樣子可真可愛。女子的美是張揚豔麗，卻沒有穆宴雛身上那股英氣令人震撼。女子在謝安淮前經過時與他對視了一眼，滿臉笑意地離去。

「金陵的女子，都是這般美貌嗎？」穆宴雛睜大眼。「我聽家主說過，江南多美人，個個姿色獨特。如今親眼看到，果真如此。」

喬翊笑出來聲，「哼哼」兩聲，眼都笑彎了。「姑娘心善，見誰都是貌美如花。不像我們男人，見誰都是阿嬤。不過……」

「與世隔絕的瞿城是個美人如雲的地方，和金陵比起來，有過之而無不及。那裡的女子壽命很短，大部分都是被送進宮孤老終生。幸運些，還能保個榮華富貴，安享晚年。」謝安淮翻翻白眼，對這個並無興趣。

「喬翊，回客棧收拾收拾，我們回宮。」謝安淮伸手揉了揉穆宴雛的腦袋，腦後一片冰涼。「給她帶件外衣，以免染病。」

「是。」

穆宴雛仰頭望著謝安淮，並不驚訝。

逃出燕都的那個晚上，穆宴雛曾問過謝安淮，「你到底是什麼身分？讓他們對你下狠手。」

謝安淮沒有回答。

燕王也沒有告訴她。他並不確定謝安淮的身分，但可以肯定分量不輕。

許久，謝安淮耐不住她那懇求的眼神，緩緩開口道：「金陵是我謝家祖輩打下的江山。」

謝安淮，是金陵的太子。

有驚訝，有惶恐，更多的是莫名的情緒。謝安淮咳嗽了幾聲，聲音寵溺入骨，「走吧，跟我進宮，護你周全。」

同樣溫柔似水，穆宴雛片刻出了神。

似曾相識的熟悉感撲面而來，她的心瞬間變得冰涼。

第二章 隔花初見

謝安淮找到在後花園裡吃糕點的穆宴雛時，火氣正上頭。

「你把太傅的書給撕破了？」謝安淮氣得直咬牙。

「不小心。」

「那你把相爺府的二小姐給打了怎麼解釋？」

「她也踢了我一腳。」

「……」

穆宴雛雙眼浮腫，紅紅的，是剛哭完不久。謝安淮對這個丫頭也是沒有辦法。剛進宮那會兒，穆宴雛可是乖得很，不會給謝安淮惹事生非。日子一長，這小狼崽子的野性就暴露，見誰都是凶巴巴的。穆宴雛身子不好，膳食房天天給她熬藥。結果這小崽子不肯喝苦藥，背著他偷偷倒在了池子裡。倒不是謝安淮心疼名貴的藥材，而是擔心穆宴雛的身體。書不愛讀，天賦卻是極高。

穆宴雛今早把相府的二小姐給狠狠地揍了一頓後，相國公可看不下去了。請奏金陵王，把穆宴雛關押起來，讓她知道錯誤為止。

相國公是相國公，謝安淮是謝安淮。這兩人不是同一陣營，怎能讓相國公占了便宜去。若說護短，謝安淮做到了極致。

穆宴雛沒名沒分，不是主子也不是奴婢，倒也樂得自在。她住在謝安淮的內殿，平日就愛跑去他殿內鬧。宮裡人都說，太子把穆姑娘寵上了天，風頭正盛。

外人哪裡知道，就在今日，謝安淮用杯子砸傷了穆宴雛的額頭，她當場暈厥過去。當時可把謝安淮嚇壞了，急急忙忙把她抱回臥房，找來御醫治療。這也不能全怪謝安淮，因為相國公這事，金陵王給了他一個耳光，免去這幾日上朝。

御醫告知無大礙後，謝安淮查看了穆宴雛的腿，差點都要失去理智。

穆宴雛個子嬌小，皮膚雪白，腿上觸目驚心的傷疤一道一道，兩條腿都是傷痕。難怪穆宴雛走路的時候看著吃力，原來全是傷。她自己不說，沒人知道。

可是，這些傷是怎麼來的？

「來人。」

「在。」

他頓了頓，頷首道：「查一下雛兒近日和誰在一起。」

這事情來的蹊蹺。謝安淮摸著她的額頭，滾燙滾燙。「御醫！御醫！」

「殿下，殿下。」御醫連忙跪下，「又怎麼了？」

謝安淮心煩意亂，「你去看看她，燙得本太子手都紅了。」

穆宴雛遲遲醒不過來。剛剛體溫還是穩定，現在急升，迷迷糊糊地說著胡話。御醫請謝安淮到房外避避，好讓她整個人浸入冰水灌醒。

雪早已經融化，氣候漸漸暖和起來，枝頭上有幾片嫩芽長出，預示著新的戰爭即將到來。

謝安淮派人查過穆宴雛，也知道金陵王也派了其他人查過她。

他相信她說的話：燕王要殺了跟他有過接觸的人。為了不拖累家人，只好一個人逃跑。

這話毫無破綻。

平靜的太和殿，一切依然平靜。

穆宴雛有舊疾，加上高燒剛退，她整個人沒有力氣地靠在床邊。謝安淮頭一次見到穆宴雛眼裡殺氣騰騰，好看的眉毛一挑一挑，面無表情。謝安淮坐在床邊，替她梳理了細碎的散髮，別於耳後，聲音堅定而溫柔：「相府的二小姐怎麼也是個小姐，豈能被這樣欺負。你再這樣任性下去，遲早要吃虧。」

她沉默不語，仿佛在猜想些什麼。

「雛兒？」謝安淮靠近她的臉，在尋找著什麼。

她失了魂般，不說話，不理會謝安淮。她在想著，謝安淮說的對，沒有身分沒有權力，靠的不過是一個太子的寵。今天她確實把相府的二小姐揍得狠了，對方求饒的時候穆宴雛還把她扔進池子裡。這天冷，池子裡的水冰涼徹骨，二小姐不會游泳，拼命掙扎時穆宴雛想要拉她上來，礙於腿上有傷，現在跳下去自己也是沒辦法，只好匆匆離開。

這事情的起因，跟謝安淮有關，跟燕都有關。

宮中不知何時流言四起，說太子養著燕都的奸細，忠奸不分，都是些不堪入耳的話。這二小姐正撞上槍口，不處置一下難消穆宴雛不平的情緒。她心底清楚，這些話對於她沒有好處，反而會讓人產生懷疑。好在，謝安淮並不在意，餵她喝了藥，叮囑不能再鬧騰了。

「馬上就要除夕夜了，宮外可熱熱鬧鬧著。等你好些，我和喬翊帶你出去玩兒，可別再給我惹事情了。」謝安淮不經意流露出的溫柔，讓她稍稍釋懷了些，使得冰涼的心開始有了溫度。

年復一年，年年長一歲。歲歲年年，盼望著長大。

外頭突然來報，金陵王有旨，請太子到乾清殿議事。謝安淮愣了愣，起身整理好衣袖，任是看著她笑。「晚上早點睡。」

看著謝安淮離去，穆宴雛才想起沒跟他解釋，太傅的書其實是被她故意撕破的，還踩了幾腳。但她真的不喜歡太傅整日催著她寫功課，還不能玩。

她喜歡射箭、騎馬，喜歡讀兵法，不喜歡歪歪唧唧的經書。最討厭女兒家該會的刺繡、禮儀、琴棋書畫。不過，在穆府，她下棋倒是格外精通。琴彈得普普通通，書畫還過得去，總之得出結論，她適合舞刀弄槍，不適合規規矩矩當個乖孩子。

「太傅家的人，一定跟太傅長一個樣。」穆宴雛沒有力氣的「哼」了一聲，誰便挑了本書看幾眼，倒頭就睡。

婢女點了香爐，房間裡暖烘烘，她睡著也就不冷了。

除夕前夜，是金陵街上最熱鬧的時候。金陵江邊的煙火，絢麗綻放，慶祝著新的一年即將到來。

金陵的燈籠在江南一帶算是與茶葉齊名。精緻的製作，精美的彩繪，都讓人著迷。街上熙熙攘攘，好不歡快。

穆宴雛和謝安淮騎著馬，慢慢地觀賞著。喬翊牽著穆宴雛的馬，其餘人跟在後頭。她自打出了宮，連眼裡都是笑意。估摸著是在宮裡待太久，悶壞了，見什麼都是新穎。她要高糖，謝安淮就買。她要看戲，謝安淮帶著她擠到酒樓，她看戲，他看別人。她要幹什麼，謝安淮都順著她。

「咦，有面具。」穆宴雛朝著小攤地兒奔去，美滋滋的上看下看。「這是狐狸嗎？」

小販會意一笑：「是啊，這是狐仙。這書上說啊，狐仙是個妖怪，不過她功德尚有，列位仙班，所到之處萬物甦醒。姑娘要是看著喜歡，不妨就買下。」

「好。」穆宴雛從袖子裡掏出銀兩，還沒遞給小販，後面冷不丁地傳來一句「這面具真好看！還有嗎？」

她轉過頭，與她年紀相仿的女子容貌豔麗，友善的朝著穆宴雛笑了笑，極其傲慢。

「還剩一個，姑娘等等，我去給你拿。」小販從一堆雜物中找到了那個狐狸面具，遞給女子。

女子負手一側，拿了面具就走。穆宴雛見小販目不轉睛盯著女子，有垂涎之意，嚇得穆宴雛慌忙離開。豈知走時太過匆忙沒看清眼前的路，正巧撞在別人的胸膛上。對方忍著痛，媚然一笑，將她的頭從身上挪開。

穆宴雛抬起頭，秀氣端莊的臉孔映入眼簾，那一瞬間，天地都仿佛靜了下來，也沒了聲音。

「王……上？」

不，不是燕王。穆宴雛仔細地盯著他的臉瞧，雖然有七八分相似，但肯定不是燕王。男子沒空理會穆宴雛，與她擦肩而過，回頭已經是無蹤影。正當陷入沉思之時，她的手被握緊，熾熱的溫度遍佈全身。謝安淮當時沒注意到穆宴雛跑去買面具，發現她不見時，氣得把喬翊給訓了一通。

她拿著面具，在人群中駐足張望。

車水馬龍，沒有那個人。

「你自己溜著溜著就不知道要回來嗎？這麼大個人，連影子都沒有，我還以為被人擄走了！」謝安淮捏著她的臉，瞪直了眼睛，一把搶過她手中的面具。「你還喜歡這玩意兒，借我戴戴。」

喬翊見著也挺喜歡，連聲讚歎：「這畫師的技藝可不錯啊！」

「是不錯。」謝安淮擺弄著面具，試了試自己的臉，覺得不合適。他瞅著穆宴雛，套在了她頭上。還是這丫頭戴著好看，他在心裡默念道。「哦，對了，我剛剛看見好多姑娘去沽橋下放花燈，你要不也去樂一下？」

花燈對穆宴雛沒有任何吸引力。都是些平常女子喜歡的做的事情，甚是無趣。穆宴雛頓時煩躁起來，想一個人靜靜地呆著。她牽起自己的馬，一言不發地走進人群。謝安淮看出了異樣，沒有斥責她，讓喬翊暗跟其後，確保在亥時送回宮中。

一路上，穆宴雛沒有抬起過頭，盯著自己的腳，一步一步走。明明身旁是熱熱鬧鬧的街市，但卻感覺很清冷。不是獨自一人的清冷，而是在繁華之下一切皆是虛無。

那個神似燕王的男子，讓她產生了好奇。數著離開燕都的日子，有些時候了。她身上藏著的密函已經全部破解了意思，可燕王半點消息也沒有。穆宴雛歎了口氣，乾脆騎馬到郊外發洩情緒。

「駕——」

騎了十幾公里，不知不覺離回去的路越來越遠，穆宴雛拉住韁繩，掉了頭，看著前方。林子靜得可怕，能清楚聽見馬蹄踩碎葉子的聲音，稀稀疏疏。她的腿劇烈抖動著，估摸著是受了涼，舊傷裂開，導致行動不便。謝安淮不在身邊，心裡落空，滋味複雜。

她進這林子的時候，就有做好遇到危險的準備。沒想到，還真的讓她撞上了。

腳劇烈抖動著，穆宴雛咬咬牙，從腰間取出刀。

這些人從黑暗中走出來，兇神惡煞，不像是盜賊，也不像是倭寇，他們的打扮更讓人覺得不同。上頭裹著頭巾，一身鎧甲，大刀在手，像士兵但又不是。他們從漆黑的林子後出現時，穆宴雛心涼了半截，心頭一震，根本跑不了。

穆宴雛被困在中間，連個空隙都沒有。

「大晚上姑娘家就不該出來，遇到豺狼可就危險了。」他們大笑著，眼睛瞇成了一條縫。

「你運氣不好，來了就別回去了。跟我們哥們幾個玩玩，正好，你長得挺漂亮啊！」

「玩啥？」男人吥了一聲，「殺了。」

馬受到了驚嚇，穆宴雛一個不穩從馬背上摔下來，打了幾個滾，弄得滿身是灰。當男人的大刀要砍下她頭的時候，她狠狠地踢了男人的手腕，刀落下時隔斷了她幾縷頭髮。

穆宴雛迅速從地上爬起，藉著靈活的身手，從他們的身後割破喉嚨，血濺了她一臉。

「真髒啊！」穆宴雛擦了擦嘴角，臉色難看。「王都城下，你們也這麼放肆。金陵城人不算多，亂賊可真多。」

對方一刀劃過穆宴雛的臉，她避得及時，反而直接在對方的胸口插了一刀。到底是家土把她栽培得好，傷口深度拿捏的準確，免去了不必要的麻煩。穆宴雛殺不完所有人，時間拖延下去，死的是她。

穆宴雛突然想謝安淮了。不久前他還叮囑過自己要回來，下一秒她就出事了。真是無妄之災啊！

喬翊找到穆宴雛的時候，她已經躺在血泊中，雙眼空洞無神，腰間被插了一刀，整個人無法動彈。謝安淮隨後趕來，看見穆宴雛傷勢慘重，面色幾分緊張，心痛起來，壓得他喘不過氣。

「快，回宮。」謝安淮抱著她小小的身子，緊緊捂住她腰間的傷口，血染滿了雙手，浸透了衣裳。

謝安淮從來沒有害怕過，甚至沒有想過，穆宴雛會受到如此的傷害。他寵著護著，結果還是沒能護她周全。謝安淮愁眉不展，回到殿內也是頭疼，感覺全身的血液沸騰到極點。

「殿下。」禦林使走進來，抱拳低頭，「據消息說，西突有兵侵入我方，目前還在調查。」

這麼快嗎？

「封鎖各大城門，進城一律嚴格搜查，反抗者格殺勿論。」謝安淮搖頭長歎，怒火熊熊燃燒，久久不得平復。「這燕都的事情還沒處理完，父王也沒理我，西突是逮著了這機會。哼，主意打得不錯。」

禦林使道：「西突能輕易進來，是卑職的疏忽。郊外的屍體卑職派人大火燒了，以免汙了殿下的眼。」

郊外的屍體大概十幾來具，都是被割破喉嚨至死。禦林使無法想像，穆宴雛十幾歲的女孩子，下手竟然如此狠毒。一刀致命，是要經過多長時間的訓練。他曾提醒過太子，這個女孩子不似表面那麼單純，可謝安淮並不認為。

「好了。」謝安淮擺手，目光寒若似雪，「吩咐下去，嚴格搜查，一旦發現可疑人，立即上報。」

「是。」

「下去吧。」

「卑職告退。」禦林使行了禮，。

謝安淮心裡怎麼會不明白，穆宴雛是燕都人，所有人都說養虎為患，可是他捨不得啊！那個他救下的姑娘，他怎麼捨得把她重新推到死亡邊緣。

今夜太漫長，暗淡的天，冰涼的心，還有步步靠近的危險。

在金陵宮中，除了謝安淮疼著穆宴雛，就是昉熹宮的煦貴妃。煦貴妃是世家小姐，進宮不過一年，才二十歲的年紀，喜歡年紀輕的姑娘陪著她聊天。平日無事，看著穆宴雛吵吵也好。加上煦貴妃是謝安淮的姑姑，對這個女孩生出幾分憐惜來。

穆宴雛自從醒過來後，行動不如之前，一直在殿內修養。說來也巧，當她醒後沒幾天，燕王竟然派人來消息了，來者是個打掃偏院的小婢女。小婢女眉清目秀，跪在穆宴雛的床前，把大概的經過都描述了一遍。

燕都現在處於水深火熱之中。穆宴雛離開的時候，跟著她的人跟丟了，導致燕王沒有辦法和她聯絡。好不容易打探到消息，這才匆匆派人混進宮中。

「燕王讓我轉話給姑娘。這戰才剛起，金陵是關鍵。藉著金陵的兵，除掉西突，正好來個一箭雙鵰。密函在金陵王手上，請務必竊取其中的內容。只有十天時間，一切看姑娘的了。」小婢女說著，從懷裡掏出一份信交給穆宴雛。

「你叫什麼名字？」穆宴雛問道。

「奴婢名喚依依，是進宮前取的名字。」她回答道。

「你留在我身邊。」穆宴雛開始劇烈咳嗽，提不起腿，「我也缺個人照顧。」

「是，聽姑娘的吩咐。」依依點頭，想想改了口。「我應該是喚姑娘什麼呢？」

穆宴雛低著頭，捂住胸口，喃喃道：「叫我小姐就好了。」

「是，小姐。」依依起身，默默退出房內。

確保四周無人，穆宴雛拆開信，緊緊皺起眉頭。

雛兒：

當日你離開，已經有人代你死去，穆府上下相信「你」已過世。延尉和夫人心痛不已，本王已經下旨將延尉提官，些許能補償什麼。金陵國庫充足，人力俱在，五國都有忌憚之意，是最好的利器。

謝安淮將是下一任儲君，你該好好利用。

「燕王，你於我，到底是怎麼樣的存在？」穆宴雛將信揉成一團，望向窗外，目光平靜似水。

她胸口悶悶地疼，冷汗冒出來，一頭倒下去。

大年初三，寒氣漸漸退去。枝頭冒出新芽，院子裡的花也開了苞，白色的蝴蝶自由飛舞，預示著新生命的到來。穆宴雛自從病後，整日在臥房悶壞了，不是看書就是和依依瞎嘮叨。好不容易趁著天晴，陽光明媚，畫了個淡淡的妝，梳了個雙髻，一股勁兒往外衝。

宮裡女子時興玩毽子。幾個人圍在一起，踢來踢去，好不樂哉。穆宴雛讓依依搜羅到了這東西，正好拿出來試試。婢女們玩得厲害，哪兒都可以踢，就穆宴雛玩著玩著玩到味淡。

「見過貴妃。」

穆宴雛停下腳，愣了許久，才開口道：「見過貴妃。」

煦貴妃由人攙扶著，容顏煥發，笑得和個孩子一般。她和善地問依依：「你家小姐近日可好，可有缺什麼東西？本宮今日也是無事，便來看看她。」

「回貴妃的話，小姐也是今早才出的門，身體並無大礙了。殿裡不缺任何東西，謝謝貴妃的好意。」依依一直低著頭，退到穆宴雛身後才抬起頭。

煦貴妃真的是年輕，卻進宮給金陵王為妃。穆宴雛走到她身邊，溫柔地陪著她聊天。謝安淮的姑姑，只比他年長四歲，身分地位卻大不相同。原本是姑侄，卻要叫一聲「貴妃」。難怪他總是避開和他姑姑見面，只怕是過於尷尬。這種違背倫理之事，在帝王家只能隱瞞。

這煦貴妃打心眼喜歡著穆宴雛，每次聽到她的名字，都會興沖沖和金陵王講述一遍，謝安淮帶回來的女孩子是如何好。明明沒有見過面，她對穆宴雛的喜愛之意倒是滿滿。走著走著，到了後花園。前陣子宮女們種下的花，已經開始發芽了，不久就能開遍整個花園。

「宴雛，你往後看看。」煦貴妃笑著，面若桃花。

百花之中，竟然有鞦韆。

她立刻飛奔過去，還不忘記叫依依跟上。穆宴雛踏上鞦韆，緊緊抓牢繩子。依依在後推，穆宴雛一下子飛了似的，藏不住的欣喜。

「再高些。」

依依累得氣喘吁吁，「小姐，不能再高了呀！」

穆宴雛大笑起來，笑得天花亂墜，如沐春風。正當沉醉於歡快之時，突然有人大聲吼道：「你下來給我玩！」

穆宴雛被她嚇到，直接從高處摔下來。好在，摔在了喬翊的懷裡，愣是半天沒回過神。喬翊喊了半天，穆宴雛眼神空洞，沒有說話。這下把眾人嚇壞了。煦貴妃看了一眼剛剛大聲喊道的女子，是步秋霜。

金陵郡王的孫女，加封為「清河郡主」。這女子生性刁蠻，不過禮教俱全，煦貴妃並不討厭她。何況步秋霜膚白貌美，家境數一數二，實在是不錯。她和謝安淮一同長大，自幼有婚約，是太子妃的正選。

「宴雛，宴雛！」煦貴妃乾著急，不知如何是好。

步秋霜一把抓過穆宴雛，笑道：「你身子那麼差，就不要玩那危險的東西。」

她抓得好緊。穆宴雛頭暈眼花，一拳向著步秋霜打了過去。可對方偏偏是故意挨了這一拳，還特意掉下池子裡。又闖禍了，穆宴雛咽下口水。步秋霜喊著救命，穆宴雛可不救。還沒反應過來，謝安淮跳下池子把她救了上來。

「郡主，郡主。」婢女們一個個上來安慰。

煦貴妃不是瞎子，謝安淮不是傻子。姑侄兩人只是安慰了步秋霜，也沒責罰穆宴雛。謝安淮送步秋霜回去，留下煦貴妃照看穆宴雛。

「他怎麼在這裡？」穆宴雛問道。

「剛來這兒。」煦貴妃輕輕說道，「大概是來找清河郡主。」

「清河郡主是誰啊？」

煦貴妃笑笑，拉著她的手道，「以後你會知道。」那一句話，意味深長。枝頭的花紛紛掉落，步秋霜轉頭的那一刻，她似乎看到了穆宴雛的未來。

依依拿著換洗的衣服給穆宴雛更衣時，謝安淮一身朝服回來。他瞥了穆宴雛幾眼，乾喝幾口冷水，臉紅得要緊。酒喝多了還來她的臥房胡鬧，穆宴雛沒有理會他。

「退下。」謝安淮俊美的側臉在燭光下閃耀，眼神迷離。

依依看了只穿薄薄衣裳的穆宴雛，乖乖退下，還合上了門。

「雛兒，過來。」這一聲雛兒，喚的比誰都輕柔。

看著穆宴雛不肯過來，他拉住她的手腕，把她抱在腿上。酒氣太大，穆宴雛聞著頭開始昏暈。謝安淮摸索著解開她的衣扣，整個人如同瘋子一般。穆宴雛開始害怕，一個巴掌打在他臉上，好讓謝安淮清醒。

他不但沒清醒還把她抱到床上，啃著她的鎖骨。穆宴雛實在是忍不住，抽出刀就賞他胳膊一刀。謝安淮搧了她一巴掌，扼制住她的喉嚨，居高臨下的姿態讓穆宴雛害怕。

「雛兒，你說你這張臉他看得上嗎？」謝安淮突然壞笑道。

他是誰？穆宴雛抓著謝安淮的手，掙脫不開。嬌嫩的臉開始暴怒，面孔開始扭曲。謝安淮終是放開了她，穆宴雛立刻逃出臥房。

「雛兒……」謝安淮一拳打在牆上，不顧鮮血直流。「等我顛覆這天下，再無人能傷害你。」

當依依跑進來，謝安淮皺起眉頭，往外衝去。是他太衝動了，忘記穆宴雛只是個十五歲的孩子。這種事情，對她來說傷害是極其大。

「小姐！小姐！」

「雛兒！」

找遍了好幾個宮殿，最後在後花園找到了穆宴雛。她靜靜地坐在鞦韆上，低頭看著草坪，光著腳。夜裡霜降，即使是謝安淮穿著這身厚重的衣服都感到嚴寒，何況穆宴雛只穿了單薄一件。加上舊傷未癒，她全身在發抖。

「雛兒。」謝安淮脫下外衣給她披上，溫柔地拍了拍她的肩膀。「回去吧。你在這樣下病情會嚴重。」

「乖。」

人從什麼時候會開始害怕，會開始懷疑，甚至會想去遠離一個人。穆宴雛不知道，她只知道心裡有團東西在燃燒著，壓制不住。謝安淮放下身段哄了許久，解釋著剛才那一切是他太過衝動。酒席上，步秋霜要他陪同多喝幾杯，喝著喝著酒氣上頭，才做出讓她難堪之事。

久久不能平復這種心情。

「這樣吧！」謝安淮蹲下身子，歎了口氣，「我背你回去。」

已經快凍壞的穆宴雛顫顫巍巍地爬上他的背，摟著他的脖子，喃喃道：「好冷啊。我想吃雞爪，還有燕窩……」

平日是御膳房不給她做嗎？一天到晚喊餓，喊著要吃東西。大半夜，謝安淮氣得跑去御膳房親自煮了水餃，是她最愛吃的餡兒。膳廚也準備了燕窩和雞爪，趁著熱給她送了過去。

「嗚嗚，嗚嗚，你煮的太鹹了，吃的我眼淚都要流下來。」穆宴雛象徵著擠出幾滴眼淚，嘟著嘴巴，「還是燕窩好吃。」

依依瞧著穆宴雛滑落的衣裳，鎖骨上那道清晰的紅印讓她結結實實嚇了一跳，明顯是不久前才有的。

時間也不晚了，謝安淮給她蓋好被子，坐在床邊看著她入睡。

第三章 玉面鈴鐺

西突和南國已經開戰，燕都保持中立，不派兵前往支援。金陵王猶豫後三思，聽取大臣的意見，支援南國。以目前的情況來看，燕王做出的選擇看似明哲保身，但他想要的根本不是這個。各國紛紛「讚揚」燕王機智，大可坐收漁翁之利。

這話傳到穆宴雛耳中就帶著刺，沒有由來的氣了一整天。自從她得到命令，在金陵王的御書房找到密函複製一份後，立馬開始破解。由於破解難度太大，她查閱了許多書籍，最終才破解出來：牽制南國，利用西突兵力北上，挑撥燕都出兵。

「呸，這金陵老頭還真的是奸詐。」穆宴雛瞳孔微微的擴張，伸手把頭頂上的罐子給取了下來。「沒了？」

糖沒了。

「依依，依依，依依！」

「小姐怎麼了？」依依聞聲趕來，面無表情。

穆宴雛靠在牆上，白了一眼。「我說這金陵派兵去支援南國，你說那老頭是怎麼想的？南國這地方就算不進攻，也撐不了多久了。何況，那個南王……」

依依思索了許久，說：「小姐啊，南國弱是弱了些，可是西突一旦吞併南國，下一個攻擊的就是金陵。燕都離得遠，不好下手。你想想，西突的十萬鐵騎和金陵的十萬禁軍比起來，誰更划算啊？」

「死丫頭，懂得真多。」穆宴雛爬起身，把罐子塞到依依懷裡，囑咐她多拿些糖回來。

平平安安過了幾個月，轉眼就到六月了。謝安淮帶兵前去支援南國，留她在宮裡鬧騰。臨走前還特意囑咐依依要照顧好她，別讓人欺負了去。謝安淮不在的日子裡，她每天是聽著婢女們講故事，偶爾盪著鞦韆。再不濟，跑到煦貴妃宮中玩兒。

金陵王政務繁忙，竟然還隔三岔五跑到昉熹宮，和煦貴妃閒話家常。兒子在外打仗，父王和姑姑聊風花雪月。穆宴雛怎麼看，金陵王都是要成為昏君的吧！

穆宴雛袖子一甩，大搖大擺地往昉熹宮宮外走去。

昉熹宮處於六宮之東，離朝殿也是十分接近。穆宴雛看著天氣極好，稍許有些悶熱，便讓依依找來冰塊袋子，給捂著解解暑。煦貴妃出來一看她熱成那個樣子，忍不住掩嘴笑。

「宴雛。」煦貴妃踱步到她面前，嘴角一彎，笑著說，「今晚陪著本宮去迎接南國的使臣。」

南國表示為了感謝金陵此次出兵支援，特意奉上黃金百兩，珍珠十觴，美人。金陵王特意擺酒宴，招呼南國的各位使臣。大戰之日，金陵王思量著不能大擺酒席，便只招呼了前三宮的嬪妃和各位大臣前往赴宴。

聽說這次南國獻上的美人，可謂是傾城之色。大有仙人之姿，皎若秋月。不過她有特殊的癖好，習慣在頭兩邊的髮髻掛著鈴鐺。一旦走動，鈴鐺會發出清脆的聲響，攝人心魂。

傳聞終歸是傳聞，沒有親眼目睹，一切只不過是美好的幻想。穆宴雛興頭正上，一聽要參加熱鬧的酒席，瞬間變了臉色。她最不喜歡湊熱鬧，特別是酒肉之歡。在煦貴妃的「命令」下，穆宴雛無聲地噓了下。

「這次太子出征，也不知道何時能回來。本宮擔心，他不在的日子，相國公那幫人會在暗地裡搞出什麼大動作。」煦貴妃歎了口氣，眼神疲憊。「好在郡王把持著朝廷，還能撐一段日子。」

穆宴雛問道：「貴妃覺得如今燕都如何？」

看似無意的問話，實際上在試探金陵對燕都的態度。

「燕都在五國中不算大國，能在戰亂中保持臨危不亂，傷患最少，而且每年還有糧食收成，遠遠比其他國家安穩。我聽王上說起燕王這個人，頗有幾分敬意。到底是年少的君王，雖然聰穎可也比不過老謀深算的金陵王。」煦貴妃提起燕王時，面露喜悅之色。

金陵王和煦貴妃差了整整三十五年，這讓穆宴雛很難接受。

兩人談著話，在轉角處突然冒出一個太監，撞到了煦貴妃的身子。他立刻跪下求饒，「貴妃饒命，奴才該死。」

穆宴雛正要開口，無意間瞥見煦貴妃微微隆起的腹部，才發覺她已經懷有龍子。太監一直在求饒，煦貴妃摸了摸肚子，神色異常，良久才開口：「無礙，我們走。」

太監這才急忙起身，「謝謝貴妃。」

一絲寒意掠過，穆宴雛瞇起眼睛，見太監低著頭，抿緊嘴唇。剛剛轉角的時候，明明有婢女在前頭，怎麼會撞到煦貴妃身上？如果不是意外，穆宴雛又看不出任何不妥之處。是她近日想太多了嗎？

「宴雛。」

她呆在原地失神片刻，煦貴妃在前頭喚她。「怎麼了？」

「沒事。」是她想多了。

那雙眼睛一直盯著她們的背影，寒意深深。

酒宴在珞晁殿，來赴宴的官員嬪妃各自聚在一起，聊聊各自的近況。殿內金碧輝煌，掛滿彩燈，歌舞齊奏，其樂融融。穆宴雛特意挑了一件紅衣，束起墨髮髮，儼然就是美人。煦貴妃要陪著金陵王，讓她隨處逛逛，等酒宴開始再落座就是。

「那個是清河郡主，她怎麼回來了？」眾人小心議論著坐席上的白衣女子。

步秋霜喝酒是一杯又一杯，她淡淡的看著周圍人，心思滿滿。她靜靜地坐在那裡，目光從未停留在任何人身上。穆宴雛看著她，生出幾分憐惜來。

「清河郡主，名不虛傳，果真是極美的女子。」旁人一眼一板的瞧著，都是羨慕之意。「不過今晚，南國獻給王上的美人，一定更甚於清河郡主。」

珞晁殿四面環繞著河流，嬪妃們都愛跑到橋上餵魚，還有的喜歡往池裡扔石頭。水濺起的那一瞬間，格外漂亮。摸著過了半刻鐘，大家紛紛落座，穆宴雛剛好坐在步秋霜的對面，兩人相互看了一眼，穆宴雛別過頭。步秋霜繼續喝著酒，目光沒有從穆宴雛身上移開。

那眼神不冷不熱，沒有溫度，帶有一絲敵意。

「昨個南國的使臣剛到此地，還沒來得及好好招待。本王今日特意擺下酒宴，表示兩國交好。」金陵王臉色紅潤，起身舉起酒杯，「來。」

在座的人都起身乾了這一杯酒。南國使臣雙手作揖，拱手道：「這杯酒敬金陵王，願兩國同交於好。」

金陵王和氣地點了點頭。

「來人，把譜拿過來，讓使臣點戲。」

煦貴妃立刻阻止了金陵王，她在金陵王耳邊悄悄地說：「王上，這於理不合。」

金陵王和煦貴妃竊竊私語幾句後，她也沒有再說話。

臺上唱著〈情深不壽〉，台下看官各自會意。穆宴雛聽著無聊的曲子，看著無趣的戲子，一罐酒一罐酒往肚子下咽。依依在一旁看著，一剎那的目光閃爍，跌入了星辰。

她大概是看的迷迷糊糊了，撐著腦袋就要昏睡過去。一陣清脆的鈴鐺聲把她拉回思緒。這聲音蠱惑著穆宴雛，不自主地朝著那個方向看去。女子穿著異域服飾，頭上的鈴鐺搖晃著，在臺上翩翩起舞。

伴隨著琴瑟，女子扭動著腰肢，動作格外柔軟。她蒙著面紗，看不清樣子，但舞動的身姿足夠讓人遐想連篇。穆宴雛定了定神，閉上眼睛，開始陷入昏迷。鈴鐺聲越來越輕，取代而之的是流水的聲音。再然後，穆宴雛在桌上漸漸沉睡過去，杯子「嘭」地一聲，摔碎在地。

「小姐，小姐。」依依怎麼也叫不醒穆宴雛，只好把她先攙扶回殿。

還沒有回到殿內，步秋霜從前面攔著路，一臉笑意地盯著穆宴雛。她伸手捏住穆宴雛的下巴，左看右瞧，重重道：「穆宴雛，我真的很不喜歡你。」

她下手得狠了，把穆宴雛下巴掐得生疼，導致穆宴雛還沒清醒就搧了她一個巴掌。酒氣上頭，穆宴雛推開依依，問道：「清河郡主與我並無過節，為何突然待我如此？」

話音剛落，步秋霜一拳打向穆宴雛，她剛好側身避過。步秋霜步步緊逼，招招狠毒，看起來她是真的不喜歡穆宴雛。穆宴雛礙於這身衣服，限制了行動，只好勉強退讓。

「身手不錯！」步秋霜停下動作，負手而立。「看你前陣子病了，沒想到恢復得挺快。剛剛多有得罪。」

這翻臉的速度讓穆宴雛目瞪口呆，她訕訕一笑，冷冷的瞥了一眼步秋霜。「清河郡主和我較量有失身分，還請郡主手下留情。」

穆宴雛沒有再看她一眼，擦肩而過時，眼裡的殺氣再次射出。黝黑的瞳孔，沒有光芒。穆宴雛在那一瞬間，有什麼東西終究是被釋放出來了。步秋霜顫了一顫，握著拳頭，嘲笑道：「你和我能打成平手，還需我手下留情？」

話裡三分寒，聽著倒是刺耳。

恍然間，鈴鐺聲再次響起，穆宴雛開始頭暈，出現一些模糊的幻覺。好似在沙漠，風沙和駱駝，鈴鐺和旅客，還有燕王……

穆宴雛第二次見到燕王，她十一歲。

都是愛玩的年紀，穆宴雛偏愛清冷。她也會玩，不過熱情並沒有像學武那樣的濃厚。早春的氣息彌漫著燕都，城內花開的特別好，楊柳依依，船邊歸客。穆宴雛跑到湖邊，掀起裙角，把雙腳浸泡在水中，絲絲寒意。時不時有船經過，來來返返。

也不知哪裡傳來的簫聲，低迴婉轉，又不失剛烈。可惜沒有琴瑟合奏，聽著總是單調。對方不是伯牙，她亦不是鍾子期，為何會有如此強烈的熟悉感？穆宴雛雙手撐著地，用腳濺起水花，打破了這陣陣簫聲。過會兒，有艘船從此經過，裡面的客人問道：「姑娘可是不喜歡這簫聲？」

穆宴雛一驚，原來，簫聲竟然是來自船中的客人。她停下玩鬧的腳，怔怔地說著：「我不懂音律，也不知你所謂何意？」

「你不懂音律，還不懂自己的心意嗎？」他笑了，眼神在黑暗和光明中交錯。

燕王從船屋中出來，墨髮傾瀉。船靠在岸邊，燕王伸出手，讓穆宴雛上來。二年不見，他越發俊美，還是習慣一身黑衣。燕王左手拿著蕭，右手遞給她一罈酒。

「忘憂酒！」穆宴雛欣喜，打開來一聞，有蜂蜜的味道。這酒甘甜無比，沒有苦澀，她不自覺彎起嘴角。

燕王淡淡的道：「百年好酒，當作是給你的生辰禮物。」

穆宴雛這才想起來，今日是自己的生辰。前幾年她不喜歡熱熱鬧鬧的辦酒，一直都是沒有過。漸漸地，穆宴雛也不在意這些所謂的日子。看起來，燕王是查了她的底，連生辰都記得如此清楚。

簫聲再次響起，餘音嫋嫋，不絕如縷。穆宴雛盤腿坐在船頭，灌著酒，看著水，時不時有魚苗浮上水面，惹的她想伸手抓一把。隔著岸上的橋，姑娘們聽聞簫聲，紛紛尋找。只見一位貴公子執手而奏，眾人駐足觀望。

「初聞不知曲中意，再聽已是曲中人。」穆宴雛咬著罐子，思量許久，緩緩開口。「可惜我不懂不懂曲中意，也不會是曲中人。」

他停下，問道：「此話怎講？」

「王上懂我，是曲中人。我不懂王上，是曲中意。王上是希望我懂曲中意，可我不是王上。」穆宴雛喝了一口酒，一笑住口，似梨花般綻放。都是明白人，話能不點破，燕王有幾分欣賞她。

船穿過橋底，姑娘們依然目不轉睛的望著燕王，那一眼驚豔了時光。穆宴雛瞧著罐子裡沒有了酒，有些失落，便用湖中的水灌滿，遞給燕王。這樣的舉動，讓燕王感到好奇，不由地問道其中緣故。

穆宴雛微微一笑：「禮尚往來，雖不及王上給的貴重。君子之交淡如水，可比金子珍貴？」

這姑娘說的話，三分是真意，七分是玩笑，旁人聽著還以為是尊敬之意。燕王摸索了一會兒，接過這滿罐子的水，竟然喝了一口。水淡然無味，他心裡倒是百般滋味。

「我見你這般聰慧，很是喜歡。以後，留在本王身邊，替本王做事情。」他沒有問她的意思，語氣是不容拒絕的篤定。

穆宴雛沒有遲疑地點了點頭，擠出一個笑容。燕王帶她入船內，教她破解密函，並讓她解讀其中的意思。密函是由不同的文字組成，表面是一篇無頭緒的文章，實際上關鍵的幾個重要點就在其中。剛開始不熟悉，有些困難。兩三次後，穆宴雛掌握了其中的要訣，很容易就破解開來。燕王對她很滿意，從桌下拿出一盒木匣子，裡面擺放著一串瓔珞項鏈。

上好的瓔珞製作而成，色澤純粹乾淨，在光的反射下熠熠生輝。燕王將木匣子推到穆宴雛跟前，表情神祕莫測，眼裡閃爍著黯淡的光。穆宴雛對這些東西並不是十分喜歡，家裡的首飾都是母親硬塞給她。她拿起項鏈，突然生出幾分歡喜。

「謝過王上。」穆宴雛將它收回木匣子。「王上不必瞞著我。王上教我破解密函，我自然就成了王上的死士。」

燕王手指跳動，若有所思。

密函交託之人，必須是極其信任之人。家主曾告訴過她，每個國家都有一批死士，為王賣命。大到朝廷官員，小到平民。他們的任務就是為了要穩固王室，替王做事情。

密函只是其中之一。燕王選擇她，除了看她天賦極高，還有就是年齡較小，好掌控。除此之外，燕王並無其他意思。穆宴雛眼神閃躲，沒有再說什麼。

船停靠到岸邊，穆宴雛提起裙子跳上去，一個踉蹌沒站穩向後倒去，燕王伸手扶起她的腰往岸上送。手掌的溫度不亞於她的體溫，穆宴雛臉頰微紅，沒敢轉過身來。

「我要回去了。」穆宴雛展開眉眼，有淡淡的喜悅。

燕王依然站立在船頭，低聲地「嗯」了句。杏花紛紛揚揚，悄悄落在他的衣冠上，落在他的眼睛裡。

他們都還年少。當時春日遊，杏花吹滿頭。

玉面鈴鐺這種邪物，穆宴雛還是第一次聽見。

最早的時候，來自西域。玉面鈴鐺在巫師的說法就是一種蠱，它是活的。將蠱養在鈴鐺中，浸泡七十一天藥水，等蠱完全進入長眠，方可取出。玉面鈴鐺具有極強的蠱惑力，它發出的聲音可以讓人幻聽幾個時辰，重則讓人致死。

難怪她總是覺得身邊有人囈語。

依依給穆宴雛端來藥碗，憂心忡忡。看著穆宴雛，良久才開口道：「金陵王昨日把那個美人納入後宮，封為貴人，連煦貴妃都不曾再瞧一眼。」

英雄愛美人，這有什麼不妥？

「小姐，貴人是南國送的美人，煦貴妃是殿下的姑姑。一旦被貴人搶去了風頭，南國必然藉此機會除去謝家外戚。謝家外戚是穩固金陵的關鍵，金陵王一旦失去判別能力，相當於砍掉他的雙手。」依依難以置信地盯著穆宴雛，比劃來比劃去。「何況，玉面鈴鐺十分邪門，它發出的聲音真是讓人膽顫。」

話音剛落，穆宴雛也不自覺地抖了抖身子。

「依依，玉面鈴鐺真有如此神奇？」她喝完藥，又吃了幾顆蜜餞。「我覺得，這種聲音只是催眠。若是要人相信甚至畏懼，大可以肆意編造。貴人得寵，是順理成章。南國一雙雙眼睛看著，就算要演戲也要演的真啊！」

依依邊收拾藥碗邊說道：「煦貴妃這些日子閉門不出，小姐不去看看她嗎？」

自從貴人入宮，金陵王沉醉在她的世界，煦貴妃那裡還是一步都未走去。穆宴雛不是不信玉面鈴鐺的傳聞，但她認為，在宮廷，能把一個男人的心抓過去的，只有美貌。再大的利用權衡，也不過是逢場作戲。她舔了舔嘴唇，手在被窩裡摩擦，緩緩道：「不必，她這時候不希望任何人去打擾。對了，燕王那裡可有什麼消息？」

「沒有。現在各國形勢嚴峻，連隻鳥都飛不出去，傳個消息也不是那麼容易。」依依回答道。

「太子那裡有什麼消息？」

「西突和南國交了幾場戰，雙方都沒能占的什麼大便宜。殿下說，等這次的最後一戰打完，便可班師回朝。」她頓了頓，「若是能順利收下西突的西部，金陵的疆土開闊指日可待。小姐，你說燕王他……」

穆宴雛擺手，示意她閉嘴。良久，她冷冷的開口：「西突若能為燕都疆土，必當如虎添翼。」

「小姐？」依依在她眼前搖晃著手，她瞥了依依一眼。

為今之計，最快的方法就是潛入南國，把密函盜取。穆宴雛左思右想，南國打下西突是斷然不可能，藉著金陵的兵打下西突，金陵王又怎麼肯失去這個機會。只要她知道，南王究竟要打算分多少土地給金陵，大可以來個暗度陳倉。趁著南國大意，燕王這時候出兵是最快的。

只是，她要如何出宮？

「依依，我要西上，給我準備萬無一失的策略。」穆宴雛披了外衣下床，在書房查閱起資料來。她攤開地圖，在每個聚集點找到戰場。避開這些地方，快馬加鞭不出五日就能抵達南國。目前來看，她斷然是不可能裝病。聽說宮外的崆峪寺清淨，她正好藉著為謝安淮祈禱的理由，待上一個月。穆宴雛讓依依整理好東西，自己則給煦貴妃寫了一封信，希望可以幫她出宮。得到煦貴妃的准許後，她和依依坐上馬車，連夜出城。

「崆峪寺那裡你可安排好了？」穆宴雛蓋著毛毯，眼神稍許疲憊。

依依在馬車內放置火爐，以免穆宴雛夜裡凍著。她回答道：「安排好了。」

「我身子有些難受，給我藥。」穆宴雛扶額，頭沉沉地垂下。腳突然之間顫抖，陣陣疼痛時有時無。腦子裡一片空白，迷迷糊糊地吃下藥後，閉上雙眼休息。

車在快速前進，夜裡的風在呼嘯。依依打開車門，隨著車夫一同坐在外面。漫長的夜晚，人總是孤獨。

「這大戰亂的，你家小姐怎麼喜歡亂跑？」車夫駕馭著車馬，小心翼翼的問道。

依依咬著桂花團子，縮了縮身子，半響道：「小姐的事情，我們做下人的怎麼敢過問？這年頭，還不是能混口飯吃。」

車夫聽的是道理，他歎息道：「你家小姐長得好生俊俏，怎麼不多帶幾個人出來？南國正在打仗，你們這些女子要是被人擄去，豈不是要被糟蹋！」

依依鼓著腮幫，舉起拳頭，「小姐從小習武，一般人過招還是處處有餘。我在小姐身邊，自然護著小姐。」

她吃完桂花團子，抬起頭仰望夜空。點點星光閃爍，她從懷裡掏出塤，悄悄地吹起來。依依眼神一閃，躲過了突如其來的箭。車夫驚魂未定，差點眼珠子都掉了出來。依依按住他的肩膀：「沒事，繼續前行。」

這種箭是普通鐵打造，不是軍用，看起來只是一般的倭寇使用。依依拔下箭，進到馬車裡。這時，穆宴雛已經醒來，她看了一眼箭，「發生什麼事情了？」

依依把箭遞給穆宴雛，把剛才的事情詳細敘說了一遍。穆宴雛用手試了試箭頭，沒有滲毒。

「小姐覺得需不需要繞路走？」依依想了想，擔心之後會發生意外。

穆宴雛思考良久，搖搖頭。她剛睡醒，還沒整理好思緒。目前最重要的是盡快抵達南國，潛入南國宮裡拿到密函。倭寇都是集體行動，一旦來了，不管哪條路都是危險。這只箭只是用來告訴他們，在不遠處，有人等著他們。

「把劍給我。」穆宴雛忍著腳上的劇痛，強行支撐起身子。「想躲也躲不過，這幫人衝著我們來的。依依，有幾成把握可以衝出去？」

穆宴雛猜測來者幾十人，人數不多，但對方在暗處，容易得手。馬車的速度漸漸加快，在車內也能感到刺骨的寒意。依依把火爐內的炭重新換掉，給穆宴雛再蓋上一層加厚的毯子。十幾分鐘後，穆宴雛的眼裡殺氣冒出，從窗外望出去，火把在熊熊燃燒。如她所料，來者至少幾十人，個個身形魁梧，兇神惡煞，手裡的劍還滴著血。

「小姐，左邊！」

一個人從馬車的左側跳上，穆宴雛躲過他迎面而來的劍，一劍刺中他的心臟。他們的戰鬥能力沒有經過嚴格的軍事訓練，毫無劍法可言，穆宴雛兩三下就看出破綻，一舉拿下。

不過，在她刺穿另一個人的喉嚨時，腿上的傷口裂開，被後面的人劃傷了背部。穆宴雛在地上翻滾了幾個圈，還沒站起，兩把劍架在她脖子上。車夫和依依也被控制住。對方抓起穆宴雛的衣領，把她從地上拖起來。「你也就十幾歲的樣子，這下手還真是夠狠毒啊！」

「放開我。」穆宴雛使勁掙扎著，已經沒有力氣再拿起地上的劍。

對方摸了一把她的臉，露出詭異的笑容。「這張臉，不錯。」

「混賬！」穆宴雛立刻拔出腰間的刀，把對方的臉劃出一道血痕，同時也砍斷了他的手指。淒慘的尖叫聲讓人刺耳。穆宴雛趁著這個時候，殺了身後的幾個控制依依和車夫的倭寇，跳上馬車，用最快的速度逃出去。

後面的倭寇沒有追上來。穆宴雛在車內撕開衣服，背後血流不止，她咬著牙，以防因為疼痛而暈過去。依依心疼地拭擦她的背後，傷口不算深，調養一陣子就能癒合。

最委屈的時候，她想到了謝安淮。莫名的難過，突如其來的傷心，只是缺少一個可以保護她的人。

穆宴雛那晚起，昏睡了很久。

五天後，他們一行人到達了南國。城門口的士兵在逐個盤查，依依扶著虛弱的穆宴雛下馬車，等候進城。通過了盤查，他們找了一家客棧暫時住下，依依順便去了藥館給穆宴雛開了藥。時間緊迫，穆宴雛必須獨自進宮。打聽了許久，聽說胡同裡的那家戲班子給南王看上了，請去給他解解悶。

當天晚上，穆宴雛一把劍指著領頭的人，威脅他帶她入宮。良久逼迫下，領頭的只好答應。商量好一切後，穆宴雛回到客棧，吩咐依依留在客棧。半個月後，若她沒能出來，立刻回燕都告訴燕王，不用再管她了。

「小姐，南國宮內危機重重，你可要小心那些機關。」依依給穆宴雛調製藥，提醒著她千萬要小心南王。

南王生性多疑，一旦開始懷疑就立馬斬首。寧可錯殺一百，也絕對不能放過一個。他對宮中美貌女子多有戒備，平日都是侍衛伺候。說起其中緣故，是三年前一場意外引起。

南王私訪瞿城時，帶回幾個美女，賞賜給了各大官員，自己則留下兩個。沒過幾天後，被賞賜的那些官員接二連三地死在自己家中，只有司馬信逃過一劫。據說，那個美人的臉是畫上去的。南王自然是不信，說是司馬信瘋了，便打發到邊疆。還沒出發，司馬信也死了。這下，宮裡內外人心惶惶，南王也將那兩個美人打入冷宮。

當所有人都覺得平安無事的時候，奇怪的事情發生了。南王當日路過冷宮，難免生出舊情，於是便進去看望一番。

他聽見女子的笑聲，尋著聲音找去，從窗外探望，裡面沒有人。這時，身後有人靠近南王，好在南王反應極快，沒讓女子捅了一刀。

「就這樣？」穆宴離感到好奇，「一個冷宮貌美的女子想要殺了南王，有何不妥。冷宮這地方，本來就是怨氣聚集。」

依依覺得穆宴離還未理解其中的意思，便換了個說法。「在一個陰冷沒有人照顧的地方，連胭脂都不曾有，那女子的容貌為何……」

這樣一想，穆宴離嚇得一身冷汗。「你的意思，冷宮裡那個女子根本就沒有被困在冷宮。」

「不一定。只是有一點很清楚，南國稍許些美貌的女子，除了後宮嬪妃，南王是十分不待見。小姐若是想要靠著美貌接近南王，是沒機會的。」依依說著說著，打了個哈欠，歎氣，「時候不早了，小姐早些休息吧！」

依依吹滅了燭火，摸索著出了門。穆宴雛靠在床邊，在黑暗中，她細細回想起在燕都的日子，不免傷感起來。

她想起那首歌謠，不由得哼唱起來，「第一最好不相知，如此便可不相戀。第二最好不相知，如此便可不相思……第七最好不相誤，如此便可不相負。」

第一次聽見這首歌謠，是府中的小婢女唱的。那個時候，穆宴雛剛從外面回來，在池邊看到小婢女在餵魚，唱的歌淒美又好聽。她不懂曲中意思，好奇地問小婢女。小婢女有些惶恐，告訴她這是一首相思曲。穆宴雛這個年紀，哪裡懂什麼男女之情，不過聽著好聽罷了。

空閒時候，她就喜歡找這個小婢女學著唱。久而久之，她也習慣了這歌詞。

如今唱起來，倒是能明白幾分意思。

如果她沒有遇到謝安淮，會不會是另外一種生活。

進宮那天很順利，穆宴雛穿著布衣，默默地跟著他們。南國宮內金碧輝煌，雕欄畫棟，連婢女都是上等。穆宴雛四處瞧著，心情莫名得好。宮內格外熱鬧，人來人往，像是在操辦什麼喜事。南國處於打仗時期，能有什麼喜事呢？

穆宴雛漸漸地放慢腳步，轉身就往反方向跑。南國宮曲曲折折全是走道，穆宴雛轉了一個又一個彎，好不容易找到南王批閱奏摺的偏殿。門口有侍衛把守，想要進去是不可能的。穆宴雛翻找了整個偏殿，都沒有找到入口。

「這個偏殿連扇窗都沒有，南王不覺得悶嗎？」穆宴雛躲在偏殿的後側，東張西望，看看有沒有機會可以溜進去。

半個時辰後，依然沒有辦法可以進去。

「殿下，殿下聽臣解釋，臣也是逼不得已。」前面大門那邊傳來一陣吵鬧聲，穆宴雛蹲下身子仔細聽著。

藍色官服男子，大約四五十歲左右，一直在跟他前面黑色官服的男子滔滔不絕。一來一去，講的是朝廷的私事。他們走向穆宴雛這個方向，突然間停下來，發生爭執。

「殿下，現在南國靠自己的能力，只能是打敗仗。金陵王的要求雖然讓我們損失不小，好過被西突給滅了。」藍色官服男子滿臉都是汗水，連衣領都濕透了。

南宸眉頭一緊，抓著他的衣領，狠狠地說：「今日父王給我下了警告，都是因為你們這幫蠢貨，害我不淺。」

「四殿下，臣等不是故意的。」男子跪下求饒。

南宸踢開他，抖了抖衣袖，氣憤的道：「你回去給我處理好這件事情，不然我讓你摘了這官帽。」

男子說：「四殿下啊，不是臣要這麼做！現在已經來不及了，金陵出兵去支援南國，若是此刻反悔，相當於給了金陵王一個耳光。兩國交好不容易，殿下可千萬別毀了這一切啊！」

這些話再次惹到了南宸，他拎起男子，想了想說：「你回去把那份名單燒了，別露出一點痕跡。知道了嗎？」

男子惶恐說：「是是是，臣回去就燒。」

「滾吧！」南宸拍拍衣袖，眼神惡狠狠地盯著他。

穆宴雛探出頭，看著這個男子，不由得揚起嘴角，偷偷笑起來。她在笑，笑男子做事情像個孩子般鬧心。她觀察了許久，見男子腰間掛著一個小鈴鐺，跟貴人頭上的鈴鐺極為相似。南國這地方，真的是詭異。

不僅如此，她走的每一處地方，都像是迷宮。穆宴雛坐在地上細細打量，回想起依依說的話，南國宮內機關甚多，要格外小心。

機關？

四面連個蒼蠅都飛不進去，想要找到機關談何容易，還不如直接脅迫那個男子來得快。穆宴雛快速地站在她身後，刀架在南宸的脖子上，「怎麼進去？」

南宸正在氣頭上，也沒有害怕穆宴雛。「大膽！你敢挾持我。哪裡來的東西，想死嗎？」

穆宴雛逼得更緊了。「少廢話，怎麼進去？」

「這地方你進不去的。」南宸趁著穆宴雛不注意，打掉她手裡的刀，掐住她的脖子，「還是個小姑娘……好生可愛。」

「好痛。」穆宴雛大喊道。

「來人，這裡有刺客。」南宸放下穆宴雛，讓侍衛把她壓下去，查清楚事情的真相，再稟報南王。

實在是太過於冒失，沒想到被他反咬一口。不過，那個時候，穆宴雛總覺得自己全身乏力，鈴鐺聲蕩漾在耳邊，在南宸打掉她手中刀的一瞬間，才回過神來。

腿上的傷復發了，穆宴雛連走路都感到吃力。他們把她帶到監獄，陰冷漆黑，還有淒慘的叫聲。穆宴雛打小就是被寵著長大，連監獄都沒見過，何況還要被送進去。對了，她只是一個沒身分的人，怎麼能和之前相提並論。

連續三天，穆宴雛縮在角落裡，冷的發抖。腿上傷口裂開，她只好在撕下衣服的一角把流血的小腿綁住。身上什麼東西都沒有，想從這裡出去也不可能。讓她最沒想到的一點，南宸看起來冒冒失失，抓住她的一瞬間可是毫不手軟，這手法可是有些歹毒。

穆宴雛腿上的傷，是在沒有離開燕都的時候就有的。只不過，府上有的是金貴的藥材，每日調養，傷再慢慢癒合。到了金陵後，穆宴雛也忘記了腿上的傷，加上沒有可以醫治的藥材，只能忍著疼痛。

這永遠無法癒合的傷，是因為燕王的狠心。

燕王為了試探她是否真心，派了幾個男子將她抓進宮裡，故意污蔑她要造反，拿著偽造的證據，對她實施殘酷的刑罰。那個晚上，她的心都是死如灰燼。腿上一刀又一刀，哪裡是一個小女孩能承受的。燕王在後面看著，一言不發。

她永遠忘不了那個晚上，燕王冰冷可怕的雙眼，用冰涼的手指觸碰她的臉頰。淡淡地說：

「比本王想得要忠心。」

穆宴雛抱著自己，閉上眼睛。

火光朝著穆宴雛這個方向亮起來，重重的腳步聲驚醒在淺睡中的她。

她側頭看著一群人，整理了零散的頭髮。侍衛把牢門打開，壓著穆宴雛到一個陌生的地方。南宸和另一個年紀相仿的男子在竊竊私語，看到穆宴雛後不禁瞥了幾眼，讓侍衛放開她。

「這就是你說的刺客，不就是個小丫頭。」男子摸著下巴，湊近南宸，「四殿下，把她帶上來幹什麼？臣覺得，直接拉出去處決了。」

「等等。」南宸冷聲道，「我有話要問她。」

穆宴雛低著頭，站不穩。她的腿在瑟瑟發抖，呼吸也漸漸困難。南宸繞著她走了幾圈，問她是怎麼找到這裡的。

穆宴雛緊緊閉著嘴巴，全身都沒有力氣。

「我看你的打扮是混著那戲班子進來的吧！」南宸點了下頭，懷疑地看著她。「聽你口音，不是南國人？」

見到穆宴雛這般無視他的樣子，南宸咬著牙，捏著穆宴雛的下巴，一臉疑惑。「小丫頭，你知道那是什麼地方吧？」

男子起身走到南宸身邊，在他耳邊悄悄說了幾句，南宸眼神一沉，放開了穆宴雛。男子的意思，一個女人也問不出什麼東西，不如直接做個了斷。現在南王和其他人都虎視眈眈的盯著南宸，只怕因為一個女人而落下了禍根。再說這件事情發生在瀚書院，不少人揣測是不是故意。

「不行。」南宸打斷了男子，「這件事情有蹊蹺。」

瀚書院是南宮重地，外人能闖進來，也不全是防守不全的原因。瀚書院的後門只有兩個人看守，只要吸引他們注意力，就可以從外溜進去。後門的侍衛明確地說沒有看到任何人，那麼穆宴雛從前門是怎麼進去的呢？南宸百思不得其解。

南宸稍稍低下身子，看著她充滿殺氣的眼睛，問道：「告訴我，你是來做什麼的？瀚書院裡面，有什麼東西事可以讓你拿的？」

「你心裡比我明白，問那麼多做什麼呢？」穆宴雛避開他的臉，用很不善的眼神盯著男子。

「密函？」南宸想到這裡，也不驚訝，他抬起穆宴雛的下巴，凝重地看著她的雙眸，「誰讓你來的？」

「你話可真多。」穆宴雛白了他一眼，「不直接殺了我了？」

南宸聽到這句話，笑了起來。「你一個小姑娘，就算是刺客，我也不忍心殺你啊！」

「四殿下，這……」男子開始發懵，在一旁乾著急。

南宸笑了笑，讓侍衛放了穆宴雛。穆宴雛艱難地站著，有那麼一瞬間，她想要倒下去的衝動。小小的個子，還沒到南宸的胸膛。她看了看周圍，戒備森嚴，看樣子南宸也沒有真正想要放走她的意思。

「你什麼意思？」這下該輪到穆宴雛疑惑了。

南宸突然拔出刀，向門外瞅了瞅。此時，男子跌坐在地上，穆宴雛也感到背後一陣寒意。她慢慢地轉過頭去看，竟然是禁衛軍。穆宴雛還沒接受自己的猜想，禁衛軍就直接殺了進來，她本能地拿起劍夾上的劍，一揮就是血濺四周。

根本就是個圈套。

穆宴雛一腳踢開那些禁衛軍，趁著混亂之際，從後面的窗戶爬了出去。沒想到，這個地方被全部包圍住，她握劍的手漸漸支撐不住，只能勉強保護自己。在監獄的三天，她已經沒力氣了。現在，不過是硬撐著。

將近午時，穆宴雛坐在地方不能動彈，南宸那邊也被禁衛軍控制下來。明黃色的身影走進這個地方，穆宴雛不用抬頭也知曉是南王。仔細一琢磨，也想的明白了。

她能從瀚書院正門輕易的進去，又恰巧碰見南宸，但沒有如願的拿到密函。三天後，她已經沒有力氣，南王也猜到她不可能從這裡出去。緊接著，她到這裡，禁衛軍就殺進來。穆宴雛可笑地扔掉劍，拭擦嘴角的血跡。

南王早就知道南宸要叛變之事，那份名單被當日的藍色官服男子給偷偷呈上，藉著穆宴雛這個刺客，一舉拿下南宸。

穆宴雛冷笑道：「皇家多是非，我怎麼就沒有料到會有這麼一齣。」

第四章 東風驟起

家主曾經把穆宴雛抱在腿上，萬般疼惜地說：「我這一輩子也沒有祈求過什麼，希望雛兒和易兒能平平安安長大，以後不要忘了我這個做爹的就好。」

穆易出生的時候，整個燕都白雪覆蓋，府上死了畜生。家主認為這是不祥之兆，但沒有狠心把兒子給拋棄。穆宴雛很是疼愛這個生來帶有疾病的弟弟，在他還小時，日日抱著他哄。待穆易開始學寫字了，穆宴雛便一筆一筆教會他。每次搜羅到好玩的玩意兒，第一個想到的都是穆易。

同一個女人生下來的孩子，連眉眼都是如此相似。

穆宴雛十二歲那年，穆易突然之間生了重病，差點沒了命。病好些後，他整日待在房間裡，誰也不見。自從穆宴雛進去他屋子裡，看到滿地的血跡和頭髮，嚇得再也沒見過弟弟一眼。穆宴雛搬出了原來的院子，住到了家主左院。聽家主說，穆易是受到了大刺激，才導致這樣。

至於是什麼刺激到了他，家主也沒有說。

每次感到寒冷的時候，穆宴雛都會想起弟弟。那個還在家中躺著的弟弟，會不會想起已經「過世」的姐姐。

穆宴雛睜開眼睛，眼淚在眼眶裡打轉，抬起頭望著這刑臺，不由得歎息。南宸站在高臺上，身姿淩冽，不屑地瞥了南王一眼。突然有女子跑上刑臺，抓住南宸的手，哭訴道：「四哥哥，你向王上認錯吧！這件事情我父親給你擔保，是荊希那個混蛋偽造的名單，不管四哥哥的事情。四哥哥也是被他的讒言聽信，才會這樣的。」

女子看向穆宴雛，指著她道：「對了，還有那個女人，四哥哥不認識她對不對？都是她害的，這個賤人！」

穆宴雛氣不打一處來，當女子想要衝上來的時候，穆宴雛正好掙脫開繩索，踢中女子的胸膛，翻過刑臺，拿起兵場上的劍就廝殺起來。穆宴雛想了很久，南宸既然已經被南王按上了罪名，聰明的人是知道南王不可能留下他。

「王上，四殿下反了！」

南王打碎了杯子，下了死令：「格殺勿論！」

女子在混亂中爬起來，一直在喊南宸的名字。她跌跌撞撞，撞到了穆宴雛的身上。穆宴雛沒有時間理會她，一邊擋住不長眼的刀劍，一邊拉住她的手，將她甩到混軍之外。南宸恰好看到這一幕，心裡空蕩蕩的，不知是何滋味的看了穆宴雛幾眼。

「喂，上馬去南門。」南宸對著穆宴雛大聲叫道。

穆宴雛瞪大了眼睛，但還是毫不猶豫地騎上馬，朝著南門的方向殺過去。南宸隨後跟上，血濺滿了他一身青衣。他下手果斷狠毒，比起穆宴雛來，南宸手起刀落，毫不留情。

有南宸的兵支撐著，穆宴雛到南門這一路還算順利。她下馬後，立刻趕到南門後側的宮殿，這裡十分安靜，沒有任何動靜。南宸和幾個侍衛也緊跟著下馬，和穆宴雛一起躲到了殿內的密室。

南國宮內機關重重，還真的到處是機關。南宸舉著火把帶她們下階梯，這裡的溫度很低，穆宴雛縮著脖子，努力適應。密室不過一個臥房大小，有乾糧和酒水，還有些兵器。南宸找來一些稻草並點燃，好驅除寒冷。

穆宴雛已經支撐不住了，拿起酒罐子就喝，喝完就坐在地上，用剩下的酒把劍上的血液重新乾淨。身子變得冰冷，眼前的景物也漸漸模糊。

「四殿下，還有什麼辦法吧？」高個子侍衛問道，「要不等王上氣消了，殿下再回去認錯。關個幾年總好過比抹脖子來的強。」

「王上根本就沒有想過四殿下活著回去，我們還指望他能留下我們的命？」

「虎毒不食子，王上怎麼忍心？」

穆宴雛笑道：「不食子，你不該指望在帝王家。」

眾人看向穆宴雛，看著她笑的天花亂墜，連她都懂的道理南宸會不知道嗎？南宸癡癡地看著穆宴雛，他覺得這姑娘真漂亮啊。即使是沾滿血液的臉，笑起來就像春風拂過，帶有淡淡的梨花味，讓人只能遠遠的看著。她看上去，還是那麼小。

與她一般大的女孩，這個時候大概都是被捧在掌心呵護著長大。南宸歪著頭，忽略了她的身分，忍不住想要好好看她。幾個侍衛相互看了幾眼，各自哼著曲，當作什麼事情都不知道。

「你叫什麼名字啊？」南宸放下戒備心，好奇地問話。

「跟你有關係嗎？」她攤手，「對你來講，一個刺客需要名字？」

穆宴雛想要解釋她並不是刺客，話到嘴邊又吞了下去。一個叛賊，一個來偷取密函的人，能有什麼共同語言。

「這樣，我們做一個交易。」南宸讓侍衛避開，獨自跟穆宴雛講。「我知道你想要密函，我給你便是。但是，你要殺了南王。」

「威脅我？」穆宴雛問道。

「這不是威脅。南王命不久矣，我只是送他一程。」南宸眉頭深鎖，看著她天真的臉，認真地說，「事成後，如你所願。」

南王已經病入膏肓，靠著藥物續命。南宸這一出，是想藉此機會，趁著南國宮內的兵力大部分調往戰場，好拿下王位。他的幾個兄長軟弱無能，南王讓他們即位，就是給南國留下亡國的禍根。

穆宴雛不得不感歎，南宸心思縝密，野心也是極大。她喝著酒，沒有回答南宸。穆宴雛的身子已經支撐不了太久，連拿起劍都是吃力。

「我殺了南王，你能留我？」穆宴雛不是傻子，嘴角含著笑，一字一句說得極慢，「項莊舞劍，意在沛公。」

南宸想要殺的是南王，真正忌憚的是太子。起先不明白的事情，後來都一一能解釋了。

「我今日給你一諾，絕不反悔。」他深吸了一口氣，揚起眉毛。

穆宴雛放下劍，站起身來，不知道是笑自己還是笑南宸。南王身邊侍衛成群，且不說外面的軍隊，就連靠近南王也是十分困難。她明明知道這是九死一生，可聽到南宸的那句話，心裡沉重無比。

謀逆之人一句信誓旦旦的承若，她豈能真信。

「殿下，臣剛才出去看了，門已經全部被封鎖。他們在殿外堆了柴火，準備將這裡燒掉，密室外我們是逃出不去了。」侍衛慌慌張張地跑進來。

穆宴雛把劍重新拾起，推開侍衛，不忘回頭對南宸喊道：「幫我出去。今日得一諾，望你來日不食言。」

門和窗都被死死地釘住，沒有空隙。穆宴雛想盡辦法都沒有打開其中一處地方，半響，她抬頭看著屋頂，用繩索套住頭頂上的柱子，爬了上去。這屋頂的磚瓦不厚，她試著推了幾下，很容易就弄碎。穆宴雛奮力地爬到屋頂上，往下望去，全是禁衛軍。南王站在前面，和周圍的大臣商量著事情。

緊接著，南宸也上了屋頂。他臉色沉重，拍了下穆宴雛的後背，告訴她殺了南王，拿到他身上的那塊玉牌，禁衛軍將會全部停止行動。

「我和部下把他的注意力引到後面，你尋個機會……」南宸突然間重重歎氣，轉瞬又恢復，「如果失敗了，那是天意。」

他殺氣騰騰的眼睛裡，流露出一股悲傷，讓人不易察覺。南宸想要篡位，本就是違背天倫道德，穆宴雛此行無非就是要跟天做對。若她向南王投降，不過也是喪命黃泉。既然如此，不妨就賭一次，天要亡她還是亡他。

「王上，請下指示。」侍衛低頭。

柴火上澆滿了油，等南王一聲令下，侍衛們紛紛將火把扔到上面，頃刻間，火越燒越人，整座宮殿都燃起來。南王和眾人撤退到兩米之外，眼睜睜看著將要化為廢墟的宮殿。穆宴雛瞧著不遠處在哭泣的女人，被宮女侍衛攔在門外，一直在喊著南王。

穆宴雛猜到幾分，抽出劍，連爬帶跳下了地面。此時大部分的侍衛已經向著南宸的方向殺去，南王身邊只剩一些侍衛。穆宴雛衝上去，一劍就是砍斷他們的脖子。由於支撐不了太久，只能儘量避開傷口，以免再次復發。

僵持了半個時辰，穆宴雛用劍抵在南王脖子上，威脅所有人退開。她被砍了好幾刀，整張臉血跡斑斑，眼神逐漸可怕。南王不敢輕舉妄動，讓所有人放下兵器，顫顫巍巍道：「你要什麼？」

穆宴雛拿下他腰間的玉牌，一劍劃破南王的喉嚨，血再次濺滿了她一身。她後退幾步，把劍插在地上，舉起玉牌，大聲喊道：「今日我得此牌，全部放下兵器，讓你們的四殿下來見我。」

「這……」

「我在這。」南宸頭髮散落，一步一步堅定地朝著穆宴雛走來。他走到穆宴雛跟前，眉頭緊緊皺起，「你……」

南宸還沒有說完話，穆宴雛眼皮一沉，倒在地上昏迷不醒。

宮裡的人都紛紛跪下，南宸握著玉牌，皆是得意之色。

南國宮變，南王被人刺殺身亡，舉國哀吊。於此同時，南宸帶著軍隊殺了太子和幾位哥哥，將南王的嬪妃殉葬。等穆宴雛醒來的時候，南國已經換了君王，這一切都已經改變。

聽宮裡的婢女說，新王即位，宮中上下都要穿喜慶的衣服。可是那些官員們哪裡服氣，這不藉著他父王去世還沒多少時間的理由，處處找錯。

穆宴雛冷笑一聲，南宸篡位，打著就是弒父的旗子，你們還指望他能祭多久。

這個院子是南國宮內最偏遠的一處，離宮門口十分近，來往的宮人也是稀少。婢女替南宸轉話：承諾不假，你要的東西我給了。離開南國，再也不要回來。

密函在枕頭下，上面還留有一股清香。穆宴雛立刻打開來看，不用多久就破解出意思：借金陵的兵，守我國，趁燕都鬆懈，打破邊塞防守。

聲東擊西，南國不僅要守住，還要打擊燕都。穆宴雛翻來覆去，越想越不可思議。讓她難以置信的是，南宸的這份密函是真的，不是偽造。既然南宸如此不介意把東西交給她，說明情況有變。

意味著，這份密函已經沒有用處。

「被擺了一道。」穆宴雛撕碎密函，心裡暗自在籌畫再一次進瀚書院。

她打昏了婢女，把她藏在櫃子中。穆宴雛換上宮服，畫上妝容，對著鏡子露出淺淺的笑容，寒意隨之而來。

南宸，能死裡逃生，又怎麼會是池中物。

宮裡整頓一番後，好幾處宮殿院子都緊閉著，穆宴雛找尋瀚書院這一路，幾乎不見任何嬪妃的影子。宮女來去匆匆，個個面色不佳。穆宴雛走走停停，發覺宮內異常不對。

「唉，你哪個宮的婢女，愣在這裡做什麼？」

穆宴雛趕緊低下頭，轉到侍衛面前，唯唯諾諾地回答：「是，是……」

「王上不是吩咐讓你們去刑臺？」侍衛盯著她的臉仔細瞧，覺得分外眼熟，想想又呵斥，「這麼沒規矩，還不去刑臺聽候！」

「是。」穆宴雛立刻往刑臺的方向走去。

新王登基，要麼是斬草除根，要麼就是給朝中官員立威。穆宴雛極力壓制住胸口的煩悶，擔心事情會往糟糕的方向發展。侍衛一直跟在她身後，穆宴雛抓緊衣袖，頭開始發暈。

當日南王要殺南宸的刑臺，如今成了南宸清理那些反對他的官員。短短數十日，變化如此之大，穆宴雛似乎有些後悔。相比起南王，南宸的手段可謂是狠毒。穆宴雛走到高處，在侍衛們中間探出頭，瞥見幾個活生生的人被五匹馬分屍，她立刻噁心起來。

「去前面。」侍衛提醒她。

穆宴雛一直盯著刑臺中間，那些人被侍衛壓在地上，等著被砍殺。她擠到最前面，好看清刑臺上的人。她身邊的婢女個個低頭，臉色極其難看，緊緊閉著嘴唇。

刑臺上的人大部分都是官員和妻子，男的五馬分屍，女的被活活打腹至死。南國在外和西突大戰，宮內卻上演這樣的一幕，這下會引起金陵的不滿。不得不承認，南宸的心真狠，連出生沒幾個月的孩子放在水中都要淹死。看到這裡，穆宴雛餘光瞥向主臺上的南宸，他換了朝服，摸著下巴，淡定的坐在那裡，一邊觀賞一遍喝著茶，和身旁的大臣時不時說幾句。

「王上，金陵太子那邊如何解釋？」姜公靠近南宸，用手掩著說話，「突然暴斃他不會信，反而覺得王上是在欺騙金陵。」

南宸眨眨眼，輕聲道：「本王，另有打算。」

「那，西突那邊的情況，王上要怎麼處理？」姜公繼續問道。

「西突此次兵力大損，目前也難以恢復。若是趁此機會攻進西突內部，他們必然會來個甕中捉鱉，十分不利。」他黑白分明的眼睛，閃爍著光芒，「你派人去打探他們退守的虛實，本王再做決定。」

「是。」姜公笑道，「王上，老臣還有一事想要商量。」

南宸皺起眉頭，「何事？」

「小女這幾日一直很關心王上的身子，想要進宮和王上敘敘舊。畢竟前王離開後，她很是想念王上。」姜公歎了口氣，「不知王上意下如何？」

「讓她進來，也好去看看母妃。」南宸稍稍抬頭，剛好瞥見穆宴雛，他仔細看了一會兒，收回目光。「本王有些累了，剩下的你去處理。」

「恭送王上。」眾人跪下身，等候南宸離開才起身。

待刑臺上的犯人全部處理完，宮人這才各自回自己的宮殿，穆宴雛望著血肉模糊的屍體，眼神陰鬱。她握緊拳頭，朝著瀚書院的方向找去。

她一路詢問婢女，不用多久就找到了瀚書院。

自從宮變後，瀚書院很少有人會來，防守也就沒有加強，穆宴雛輕易溜了進去。大門緊閉，她從側面的窗開了一個洞口，割破繩子，抬起窗架，直接就爬進去。這裡四面都是書，桌子上也沒有密函。穆宴雛東找西找，在左面的書架中找到幾份密函。她把密函揣在懷裡，急急忙忙地爬出窗外。

「沒想到你還真的會回來。」南宸負手站在身後，面無表情。

南宸知曉穆宴雛聰明，那份密函不過是可有可無，她心裡大概能猜到幾分。之前無意間在刑臺上瞥到穆宴雛，他就知道瀚書院會有人來，特意撤離一些侍衛。果不出其然，穆宴雛現在活生生地站在他面前。如今南宸以南王的身分對她說話，穆宴雛自然是有了幾分顧慮。

風吹亂了南宸的衣袍，吹散了穆宴雛的髮絲，他們沉默相對，望著彼此。那一天後，南國的官員紛紛請奏處死穆宴雛，以免發生禍亂。到夜晚，南宸在殿外站了整整一個晚上，徹夜未眠。他看著漆黑無星的天，想了許久。最後，他吩咐一個婢女把穆宴雛送到南國宮門裡的小院子，密函給她，吩咐婢女叮囑穆宴雛一定要出宮，再也不要回來。

可她回來了，還拿走了密函。

穆宴雛低下頭，吞吞吐吐地說：「見過王上。不知道王上這話什麼意思？」

「你不是那個女人？」南宸大步走到她跟前，逼迫她抬起頭。一模一樣的臉，她裝得可真像。南宸用力捏著她的下巴，再問了一次，「你不是那個女人？」

穆宴雛盯著他，瑟瑟發抖：「王上莫非是認錯人了？」

南宸放開了她，問道：「進來做什麼？這是瀚書院，是你進來的地方嗎？」

穆宴雛依然低頭不語，南宸倒是也沒有再說什麼，讓她離開。穆宴雛連走帶跑回到那個院子，換下衣服，騎著馬出了南國宮。

她不知道，城牆上，南宸看著她一路走遠，眼神不曾離開。他握著手裡的佛珠，心如一灘死水。他又笑又沉默，旁邊的侍衛不敢出聲。在穆宴雛背影徹底消失的那一刻，他喃喃道：「我還不知道你的名字。」

「王上，天暗了，回去吧！」

南宸轉過身：「走吧，回宮。」

滄海之水，巫雲之山，他有何念念不忘。

穆宴雛連夜趕回客棧，發現依依還在熟睡。這些日子依依一直在等穆宴雛，客棧的行李早早就收拾好。桌上還有涼了的藥，一些糕點。穆宴雛點燃燭燈，從懷裡掏出密函，不小心碰倒了杯子，驚醒了依依。

「小姐！」依依激動地看著她，差點哭出了聲，「還以為小姐回不來了！一個月多了，想著明兒就回燕都，還好小姐回來得及時。」

原來一個多月了。穆宴雛算了下日子，估摸著回金陵還來得及。南國和西突的這場戰也快打完了，不用多久，謝安淮該回來了。她吩咐依依立刻備好馬車，返回金陵。

時間拖得太久，煦貴妃遲早會起疑心。

「小姐。」依依止住哭聲，詭異地問了一句，「你好像長大了？」

穆宴雛白了她一眼，倒了杯水，沒有理會她。她剛剛破解出了這份密函的意思，只有一個字：亡。她用手指點著桌子，發出咚咚地聲響，似乎明白了什麼。前後一想，穆宴雛卻對不上，只好收起密函，給燕王寫了一封信。等馬車上的東西準備好，她將南宸給她的密函燒毀，和依依一起出了南國。

江南的夜晚，風甚是柔和，江邊的花開出了苞，有人拿著燈籠在江邊徘徊。隨著馬車的前行，最後一抹亮光也消失在了穆宴雛的視線中。依依圍著火爐，給穆宴雛上藥。她腿上的傷口癒合了些，新傷加舊傷，依依看著都心疼。穆宴雛不在的日子，她日日待在客房，鮮少出去。空閒的時候，就哼著歌，吃點食物，就過去了。她幾乎每天晚上都熬藥，讓穆宴雛回來可以喝完。

穆宴雛一旦有段時間不喝藥，舊傷會復發。若是沒有回來，依依便會倒掉重新再煮。

「小姐，你臉色不好，要不要再睡一覺？還是，要吃點東西？」依依坐在一旁，關心地問道。

四肢無力，頭疼的厲害，甚至有嘔吐的預兆。穆宴雛忍著不舒服，閉上眼睛，回想起在南宮所發生的一切。宮變來的太突然，南國換了新王，那麼南宸和金陵的關係也將重新定義。借著先王給的承諾，南宸可以不用做到，他本來就是弒父奪位，是不可能遵守約定。金陵的兵，是白借給南國打了一戰，南宸這算的可真好。

讓穆宴雛頭疼的是，南國和金陵的關係瓦解，他的注意力必然轉移到燕都。即使燕王不干涉任何國家內部，也無心起衝突，這場戰還是會爆發。

「小姐。」

穆宴雛沒有回答。

依依給穆宴雛蓋上寬大的衣裳，坐在一旁靜靜地看著她。穆宴雛淺淺睡去，睫毛一顫一顫，似乎有什麼東西在上頭跳躍。她的五官極其精緻，不用鋪粉畫眉也是好看。

依依一直在想，一般姑娘家這麼點大年紀，哪裡有父母捨得讓她出來，還落下了一身的傷。穆宴雛本來就是養尊處優慣了的小姐，那一瞬間的落差讓依依感到十分心疼。依依掀開簾子，看著重重山水，眉眼逐漸舒展開來，嫣然一笑，美好如斯。

金陵寺廟的主持早早在大門等候穆宴雛，他向穆宴雛說明了情況。煦貴妃派人來探望穆宴雛，囑咐她一定要早日回宮。穆宴雛走到偏房，廟裡的人為她準備好了飯菜，整理好了床鋪。按照她的要求，尋了處清冷的地兒。這裡，除了一些打掃院子的和尚，平時沒有人會進來。

房前的白玉蘭開得正好，和這別致小巧的屋子相得益彰。穆宴雛換了身白色的衣服，把頭髮高高束起，用玉簪固定。她從主持那裡討了一壇酒，爬到樹上慢慢喝。寺廟在山中，能望見的除了山還是山，偶爾有幾隻鳥飛過，增添了些許樂趣。

還是酒最能解愁。穆宴雛坐在樹上，雙腳不停地晃動。

「施主。」

稚嫩的孩子聲打攪了穆宴雛的思緒，她朝地下望去，光溜溜腦袋的小和尚拿著掃把，眨巴著眼睛。那天真的模樣，穆宴雛多看了幾眼。

小和尚說：「施主，你爬那麼高，摔下來可如何是好？」

穆宴雛哭笑不得，她仰起頭將酒全部喝完，擦乾淨嘴角，笑而不語。小和尚掃著地，口中念念有詞，不知道是在和穆宴雛說話，還是和他自己對話。

「施主還小的時候，一定也跟我一樣吧！喜歡跑到街上玩兒，看到那糖人就想要買。不喜歡夫子，不喜歡讀書，只想著長大後能雲遊四海。可是，現在戰亂不斷，又怎麼能安心生活呢？」

她笑了，「小和尚，哪怕是太平盛世，也未必見得安心！」

「施主，我還有好酒，你還要嗎？」小和尚扔下掃把，興沖沖地把一壇酒搬到樹下。打開酒蓋，遠遠地就聞到香味。

穆宴雛爬下樹，蹲在地上，瞧著酒壇子，用手指沾了一點含在嘴裡，有些苦澀。小和尚拿來兩個碗，分別給自己和穆宴雛各倒了一碗酒。小和尚舉起碗，一口乾完，還不時對穆宴雛眨巴著眼睛。穆宴雛把碗遞到嘴邊，卻怎麼也下不了口。

「我不會喝苦酒。」穆宴雛搖著頭，還是把碗放下了。從小到大，她都不曾嘗到過苦酒，剛才那個味道，實在沒辦法接受。

小和尚再給自己倒了一碗酒，說寺廟裡沒有多少酒，能喝到已經是很幸運了。出家人不喝酒不吃肉，酒肉都是留著給寺廟的客人。他還小，喜歡偷偷藏著酒，耐不住饑渴的時候就喝。每次被他師傅發現，都會被狠狠揍一頓。不是小和尚不聽話，而是他覺得，酒可以治療他的傷口。

這種酒是用草藥泡製而成，沒有多少甜，一般人喝不習慣。穆宴雛皺起眉頭，嘗試喝完，還沒喝幾口，酒吐了出來。真的是特別苦特別苦，一口還好，整碗下肚簡直就是在喝毒藥。

穆宴雛苦著臉，問道：「能製出這種酒的人，是有多恨人。」

「恨不恨人我不知道，但我覺得他肯定恨你。」小和尚笑道。

他們聊了很久，聊了許多東西，聊到天南地北。小和尚津津有味地聽著穆宴雛講故事，和她說說他見到的東西。常年不出山的小和尚，聽到稀奇的玩意兒，總想忍不住親自去看看。他隨手摘下腳邊的草，開始編織起來。穆宴雛撐著腦袋，問他做什麼。小和尚咧開嘴笑，不過是平常無聊看師傅編織玩具，看著看著也就學會了。

不用多久，小和尚編好了，在穆宴雛眼前搖晃：「你看，這隻狐狸像不像你？」

「不像。」穆宴雛沒好氣的說，「怎麼會像我？小和尚，你是想說我是……」

狐狸在金陵，有不同的寓意。可以好，可以壞。只是，自古紅顏多禍水，狐狸的意思大部分都被用在了諷刺的一面。穆宴雛一把搶過狐狸，左瞧瞧右瞧瞧，不小心拉鬆一根草，結果全部散架了。她委屈巴巴地瞧著小和尚，看見小和尚的臉色都發白了。

地上歪歪扭扭的草，小和尚用腳踩了幾下，鼓起腮幫子，重新做了一個。穆宴雛撓著頭，看他熟練的手法，自己也學著做起來。不知不覺，黃昏到了，夕陽照耀下的他們，拉出長長的影子。穆宴雛迷迷糊糊地做好了一個，拿起來和小和尚一對比，樣子竟然差不了多少。小和尚起身拍拍衣服，把手裡的遞給穆宴雛，撿起掃把要匆匆離開。

「今個的葉子沒掃完，師傅要罰我板子了。施主行行好，告訴師傅說我是掃完了的，明個我再來答謝施主！」小和尚慌慌張張地跑了。

穆宴雛看著地上堆積的葉子，無奈的搖頭。

「小姐。」依依急忙趕過來，「煦貴妃請小姐回宮。」

穆宴雛問道：「什麼時候的事情？」

「就在剛才，宮中傳來消息。」依依寒聲道，「南國這場戰打贏了，西突只剩下兩座城池，離破國不遠了。還有，新任南王拒絕了與金陵的合作，原先承諾金陵的兩百黃金，沒了。」

她想了下，又說：「對了，除此之外，燕都也發生了變化。那日我們在回金陵的路上，燕都開始封閉城門，只留下最西的一個門，其餘全部封死。聽說燕王已經很久沒有出過宮殿，幾乎沒有人再看到燕王。說來奇怪，這個時候，燕王為什麼要選擇封鎖城門了呢？」

穆宴雛示意她閉嘴，想著來龍去脈。「西突破國是遲早的事情，南國若是和金陵起衝突，更是兩敗俱傷。燕王這麼做……」

手上的狐狸被她捏的不成樣子，良久，她歎氣道：「明早回宮，你去收拾好東西。」

「不是今晚嗎？」依依問道，「煦貴妃讓小姐儘早回宮。」

半響，穆宴雛沒有說話。她回到偏房，找出一根笛子，爬到屋頂上，熟練地吹起曲子來。依依抬頭望著穆宴雛，自己找了個地兒坐了下來。穆宴雛吹的曲子嫋嫋不絕，依依聽著連連稱讚。

吹著吹著，穆宴雛想起燕王吹簫時候的樣子，風流倜儻，瀟灑快活。她停下動作，望著新月，悄悄地歎了口氣。

夜涼如水，長夜不眠，她喚依依取來一壇酒，不醉不歸。

早上寒冷，小和尚裹著厚厚的衣服在門前等候著。他哈著氣，雙手摩擦，溫柔的眼眸融化在了風中。穆宴雛打開門，看著小和尚小小的個子，竟然摸了他光溜溜的腦袋。

「施主。」小和尚紅著臉問道：「我來答謝施主了。」

穆宴雛盯著他懷裡的酒，笑了起來。她還以為會是什麼玩意，原來只是一罈酒。想起昨日苦澀的酒，穆宴雛竟然有要拒絕的衝動。小和尚看出了她的疑惑，解釋著這酒是甜的，穆宴雛大可以收下。

昨日穆宴雛在屋頂上喝著喝著就睡了，不記得有住持來過。她轉身看了依依一眼，依依立馬點頭，明白了意思。小和尚把東西給穆宴雛，向她道別。臨走前，穆宴雛從袖子裡掏出一個小木盒，送給了小和尚。無功不受祿，她還了玉墜作為她的回饋。

玉墜是上等的美玉雕刻而成，精美絕倫。在陽光的反射下，裡面的脈絡清晰可見。小和尚像是尋到了寶，小心翼翼地把它收藏起來。

「施主，還會再回來吧？」小和尚問道。

穆宴雛是不會再到寺廟了。她不願說違心話，便實話告訴了小和尚。他看上去不傷心，反而露出開心的笑容。

「施主，我要陪師傅下山買東西了。我跟施主就此別過，施主若是回來了，我和師傅都會很高興。」小和尚說著說著就跑了。

馬車在寺廟門口候著，穆宴雛上了馬車，望了寺廟一眼，覺得分外親切。在進宮的路上，她見街上熙熙攘攘，往常般熱鬧。煦貴妃聽聞穆宴雛回宮，挺著個肚子專程去看她。一個月不見，煦貴妃已經懷上了金陵王的骨肉，臉色紅潤了不少。

她們在庭院喝茶說笑，打趣著未來的孩子。煦貴妃面若桃花，說著穆宴雛不在的日子裡，她一個人些許是無聊。金陵王已經賜給那個南國女人貴妃的位置，對她也是很少探望。謝安淮打了勝仗，不出幾日就能回宮。聊著聊著，煦貴妃說起燕都的變化，令人難以琢磨。

燕都全部城門緊閉，燕王沒有任何消息。各國的探子回來，沒有得到半點消息。

穆宴雛只是笑了笑：「貴妃是擔心燕都會有什麼大動作嗎？」

「燕王這個人，神祕莫測。他年紀輕輕能成為燕王，必然有不同於尋常人。王上對他本是有幾分忌憚，現在這樣一鬧，是怕了他燕王。我們在明處，燕王在暗處，對金陵很不利。」煦貴妃撚起糕點，輕輕地咬了一口。

燕王到底有何用意？穆宴雛漫不經心地賞花，心裡對燕王的做法不理解。但有一件事情可以肯定，燕都暫時不會起兵。穆宴雛抬眼看著煦貴妃，見她微笑著，突然心疼起來。自從南國的那個女人來後，煦貴妃似乎沒有之前那麼快樂了。

帝王家最是薄情寡義，金陵王的愛只是一時，他能陪她多久。穆宴雛苦笑，倒了一杯又一杯的茶，填不滿苦澀。煦貴妃摸著肚子，眼神頓時迷離起來。

「主子，王上來了。」正當煦貴妃出神之際，婢女上前小聲提醒。

金陵王攬著身旁美豔的女子，走進庭院。他穿著常服，眉頭緊皺，拉著女子的手不放開。煦貴妃瞧著，起身請安，穆宴雛也象徵著學了一下。她還是第一次見到這位南國女子的真面目，好比洛神之姿，體態輕盈，確實是名不虛傳。比起煦貴妃，她多了幾分嬌媚。

「王上怎麼有興來臣妾這裡？」煦貴妃瞥見淑貴妃，心裡莫名的心酸。

金陵王坐下，與淑貴妃相互看了一眼，平靜道：「本王聽妙兒談起，說挺喜歡宮中的一個小姑娘，想要見見她。」

淑貴妃那雙狐狸般狹長的眼睛，盯著穆宴雛。金陵王也瞧著她，一時間，穆宴雛被盯的滿臉通紅，尷尬的別過頭，佯裝在看風景。十五歲的年紀，嫩的可以掐出水來，淑貴妃看著越來越喜歡。還未褪去嬰兒肥的她，兩邊的肉特別柔軟，輕輕一碰，特別光滑。

「淑貴妃怎麼會知道宴雛呢？」煦貴妃問道。

淑貴妃含笑解釋，聽宮中的婢女們提起，太子宮殿內有一個小姑娘，生的十分水靈，便好奇地尋了過來。穆宴雛在煦貴妃耳旁說了幾句，就頭也不轉的離開。是非之人，是非之地，她一點都不想沾染。

穆宴雛目色如秋水映黛般清澈無染，腰間掛著玉墨，一身不俗。君子有質，如玉錚錚。她必然是有些高傲，不願去染是是非非，對對錯錯。但每一次，都事與願違。

「早春的花，可以摘下做玉露羹了。」穆宴雛帶著清脆的腳步聲，去找花做糕點。

第五章

簾卷羅裳

香娲鬱蔥翔鼎鳳，松搖寥廓狀雲龍。
虛皇夜宴長生殿，九奏瓊璈動曉鐘。

「小姐，醒醒。」

穆宴雛迷迷糊糊的擦著眼睛，恍惚間聽見依依在喚她。她睜開眼睛，手中的書掉落在地上，花瓣落滿了一身。依依著急地告訴穆宴雛，謝安淮今日回金陵了。金陵王親自到城門迎接，那個場面甚為壯觀。這次一戰，謝安淮俘軍三萬，滿車的戰利品都運回了金陵。

她怔了一會兒，立馬穿好鞋子，急匆匆的跑去城門口。穆宴雛站在城樓上，向下望著一身鎧甲的謝安淮，激動萬分。少年還是那般俊朗，飽經風霜後，依然是溫柔的臉頰。

班師回朝引起宮內的人們議論紛紛，有人讚歎謝安淮是個英雄，也有人唏噓他不過是仗著太子的身分，有一支好的軍隊罷了。穆宴雛換了一身淺粉色的衣裳，興沖沖地跑到殿外等著他回來。這幾個月裡，她雖然沒有很想念，但是見他回金陵，自然是有些期許。

「雛兒。」謝安淮見到許久未見的穆宴雛，加快腳步走到她面前，狠狠地抱住，「我回來了。我不在的這些日子，有沒有好好照顧自己？」

「殿下……」

謝安淮鬆開穆宴雛，雙手扶著她的肩膀，仔細瞧著：「瘦了好多，是御膳房沒有給你送吃的

嗎？等會兒我去換身衣服，再陪你玩。今晚帶你去煦貴妃宮中用膳。」

「我想出宮玩。」穆宴雛嘟起嘴唇，隨即又笑了笑。

剛打完戰回來，謝安淮有些力不從心。他咬著牙，捏了下穆宴雛的耳垂，點了下頭。他眼裡有的是萬般寵愛，如同春風劃過穆宴雛的心上。依依跟著謝安淮進去，穆宴雛遲疑了會兒，繼續躺在池邊睡覺。

六月這天氣，正熱上頭，穆宴雛脫了幾件衣服也還是熱。她閉著眼睛，聽著流水潺潺，突如其來的一聲哭啼驚醒了她。好在穆宴雛沒有離水池太近，不然撲通一下就掉落進去。

水面上浮著一層暗紅色的血跡，血腥味撲面而來。穆宴雛試著伸手去撈地下的東西，不料撈出個裹著布的嬰兒。那嬰兒還沒斷氣，艱難地喘著，身上血跡斑斑。穆宴雛嚇壞了，跑進殿內，抱給正在換衣的謝安淮看。依依一瞧，眼珠子都快掉出來。

「殿下，這孩子怎麼會出現在我們這裡！」依依接過穆宴雛懷裡的孩子，驚訝多於心疼。

嬰兒的傷口依舊在流血，如果不及時搶救，只怕會失血過多而死亡。謝安淮瞧著這嬰兒不對勁，用手指試探了他的呼吸，虛弱至極。翻開裹巾，見嬰兒腹部被砍了一刀，傷口不算太深。依依去叫來了御醫，謝安淮說此事能瞞就瞞，他會查清楚這件事情的來龍去脈。

「他的眉眼，怎麼跟王上有幾分相似？」穆宴雛問道。

謝安淮聽聞這話，心下一緊，眼神黯淡下來。他伸手摸著嬰兒的臉，還有一點溫度。嬰兒的眉眼，確實有些像金陵王。

是私生子嗎？

宮內發生這種事情，背後一定牽扯出不少人。可生逢亂世，根本沒有人會在意。穆宴雛用手指輕輕地觸碰嬰兒的臉，不料剛伸到嘴邊時，嬰兒含住她的手指吮吸。

「痛！」穆宴雛小聲叫道。

謝安淮抬眼看了她一眼，笑她太過驚慌。嬰兒連牙齒都沒有，她又怎麼會疼。謝安淮小心翼翼地捏起嬰兒的臉，讓他鬆開嘴。穆宴雛看著自己的手指，委屈著臉走到一旁。這時，依依和御醫匆匆趕來，把嬰兒抱到裡面進行搶救。

「依依，前些日子宮中可有嬪妃生子？」穆宴雛擦乾淨手，眼神迷離。

「不曾。」

「你不覺得很蹊蹺嗎？」

「小姐，能有那麼大的膽子將要死的嬰兒扔進太子的殿內，事情肯定不簡單。」依依給穆宴雛倒了杯水，細細講道，「一般遇到剛出生就被丟棄的嬰兒，是不祥之兆，小姐還是要擔心自己。」

說起來，那次見到淑貴妃後，耳邊依然迴盪著一種聲音，說不清摸不透。這嬰兒，會不會與她有關，穆宴雛還得再仔細想一番。經過御醫診斷，嬰兒活不過多久，頂多只有一個月時間。聽到這，有婢女抽泣起來，謝安淮緊緊握住拳頭，轉身走出殿內，留下一群跪在地上的婢女侍衛。

「小姐，跟我來。」依依突然開口，帶著她到池邊。

池子裡還留有一股血腥味，魚仔還時不時浮出水面，吐著泡泡。依依用手測了一下池子的深度，半隻胳膊高，實在是很淺。若是真的想殺死嬰兒，那個人不應該把他扔到這裡。一來淹不死他，二來太容易被發現。除了宮中的貴人以上分位，是沒有人敢如此明目張膽。可是宮中的嬪妃目前並沒有誕子，說不清楚。

穆宴雛抿著嘴唇，想了許久。「既然有人敢這麼做，肯定也查不出什麼來了。那個孩子我看著喜歡，他無名無姓，自幼與父母斷了因果，便叫他涼玉吧！」

「小姐，殿下一定會讓人把這個孩子抱走，小姐是要留下來不成？」依依不解道。

留不留下來，他都活不久。穆宴雛緩慢挪開腳步，失神道：「帝王家……就算只是短短數十日，也足夠他快活了。我出生的時候，特別幸運。沒有被人拋棄過，也沒有被人摧殘過，一直被捧在掌心。今個看到這個孩子，不免讓我想起曾經的弟弟，他沒有我這般幸運，也沒有我這般……不幸。」

穆宴雛仰起頭，葉子飄落，劃過她溫熱的臉頰。何為幸不幸，她不知曉。毒日上頭，依依為她打著傘，四處散散心。

不巧，穆宴雛在後花園再次碰見了步秋霜。兩人一見面，瞪眼白眼。步秋霜上前看著穆宴雛，忽然笑了起來：「穆宴雛，這麼巧來這裡遇見你。沒事別走啊，我們來切磋切磋如何？」

「切磋什麼？」穆宴雛明知故問。

步秋霜讓婢女扔了把劍給她，點到為止。穆宴雛拿著劍，點頭答應。她年幼習武，武藝不在話下。步秋霜正巧是跟隨她舅舅長大，常年征戰都會帶她在身邊，宮裡的女子沒有可以和她相提並論。

「承讓。」劍出鞘，向著步秋霜砍去。

背部受敵，乃兵家大忌。步秋霜對這個瞭若指掌，一旦看到穆宴離的破綻，直接打掉她手裡的劍。

「我以為你會是什麼厲害角兒，其實也不過如此。」步秋霜雙手抱胸，哼了一聲。「兵家講究的是形，你犯了大忌！」

穆宴離撿起劍，暗暗想到：這個清河郡主，對敵人的觀察力太強，對方用的是什麼招式，她能看的一清二楚。她說的沒錯，我犯了大忌。

兩人再次廝打在了一起，穆宴離礙於這身衣服，實在是限制了行動。當劍掠過穆宴離的耳垂，她停了一下，讓穆宴離擋了回去。步秋霜身形如燕，輕盈柔軟，揮劍也是柔中帶剛。不管是容顏還是身形，步秋霜都是極美，也難怪金陵王與謝安淮能疼她如此。

漸漸地，穆宴離沒有了力氣，她跌倒在地上，大口地喘著氣。她的體力不如步秋霜，何況小腿疼的厲害，額頭冒著汗。步秋霜歪著頭，將劍遞給婢女，伸出手把穆宴離從地上拉起來。

「穆宴離，你能力不錯。」步秋霜鬆開手，笑著說，「你來金陵，是另有目的吧？」

見她不語，步秋霜別過頭，道：「我查不到你，別人就更查不到你。我沒別的意思，你要是傷害了太子，我必然不會放過你。」

「郡主多慮了。」穆宴雛輕聲道。

「君子一諾，我定當記在心裡。來日，願你不會與金陵為敵。否則，你我必死一人。」步秋霜側臉瞥了她一眼，便傲慢的離開。

穆宴雛眨巴著眼睛，可笑地抬起頭，望著這深深宮闈，突然傷感起來。西突將亡，南國也不會存在多久了，燕王更是會將洛越城攻陷。這一切，踩著萬人的屍骨，才能成就大業。穆宴雛笑著笑著，見天色已晚，便回去換了衣裳隨著謝安淮去了煦貴妃的宮中。

婢女們呈上了精巧的菜餚，紛紛退到簾後，等著貴客入座。穆宴雛跟在謝安淮身後，嘴裡咬著糍粑，嘴角殘留一些碎末。嬰兒的事情謝安淮托給了煦貴妃照顧，對金陵王閉口不提。兩人相視了一眼，心有靈犀地點了頭。

按照規矩，謝安淮坐於左側第一個位置，穆宴雛坐於左側第四個位置。煦貴妃瞥了一眼謝安淮，見他心神不定，喚來婢女給他按摩。穆宴雛含著糍粑，一陣鈴聲響起，嚇得她差點掉落了手裡的糍粑。步秋霜青衣紅袍，裝扮華貴，顧盼生姿，她溫柔地打量著謝安淮，淡淡的瞥了穆宴雛一眼。

「見過貴妃。」步秋霜向著煦貴妃行了禮，坐在右側第二個位置。

「清河郡主不必行此大禮，隨意便是。」煦貴妃淡笑著。

前陣子聽說清河郡主回金陵，煦貴妃想著謝安淮與她許久未見，趁著今晚讓他們多聊會兒。步秋霜一直盯著謝安淮，癡癡的笑道。他們聊起年少時，策馬天下，感歎那段時間過的真快。不知不覺，原來已經過去那麼久了。

步秋霜和謝安淮年少是有婚約在身，父母之命，媒妁之言。作為一個太子，上頭有一人之上萬人之下的父親，豈敢因為這件事情起衝突。他們自小玩的好，但因為分開太久，許多東西都不似當年。

「好多年了，我們都沒有再去過太湖，也沒有再去桃林。」步秋霜撐著下巴，念念有詞，「想起我們去郊外打獵的時候，你還特意烤了兔子給我吃，現在想想還是挺喜歡你的手藝。畢竟，宮裡頭那些廚師，怎麼也做不出你的味道。」

「你要是想吃，我回頭給你家婢女送去製作法子，這樣你就可以天天去吃了。」謝安淮失笑道。

步秋霜眼神一閃，換了個姿勢：「不用那麼麻煩，我不過是想念當年的時候。如果有空，再帶我去一次太湖吧，我很久都沒有再看到碧綠的水了。」

太湖處於金陵城外的一個小地方，那裡的湖水碧綠色，常年花開，不少人因為此地風景優美而居住此地。穆宴雛聽著，想像著那片美好的風光，趴在桌子上看著謝安淮。

「對了，聽說燕王準備攻下洛越，殿下對此事有何看法？」步秋霜緩緩低下頭，專心於進食。

謝安淮給煦貴妃盛了碗湯，思索過後，笑道：「燕王是年少出英雄，他想要做的事情還沒有做不到。洛越是個小國，他只要稍稍花些心思，自然能拿下洛越的整座城池。我對洛越沒有任何興趣，不足掛齒。」

燕王的心思，難以琢磨。穆宴雛喝著湯，啃著雞爪，滿臉都是油乎乎的。她是真的餓壞了，嘴裡塞得鼓鼓的。其他人聊著聊著，沒有再注意到穆宴雛。時間一點一點流逝，穆宴雛不知道自己何時睡去，醒來的時候已經在自己的寢殿中。

屋子裡漆黑一片，穆宴雛摸索著下床點了燈。

「依依。」穆宴雛打開門，陣陣涼風吹來。

「雛兒，你醒了就多穿件衣服，夜裡涼。」謝安淮坐在門外，靜靜地看著天空。手裡拿著一壺酒，眼神疲憊。

她舔了舔嘴唇，問道：「今晚沒有月亮也沒有星星，你到底在看什麼？」

「我只是想喝喝酒罷了，能有什麼東西給我看？這酒好喝，你也來一口？」謝安淮將酒遞給穆宴雛，見她絲紋不動，便收回手。

出征在外的幾個月，謝安淮每次在營裡喝酒時，常常想起穆宴雛。沒有那次意外的相遇，他們兩個這一生都沒有任何關係。既來之則安之，她這點倒是毫不含糊。這個小姑娘，尚且年幼，可許多事情的處理程度早早超乎了謝安淮的想像。他查了她的家底，只是零散的資料，其餘連蛛絲馬跡都沒有。

她說因為他的關係燕王要殺她，謝安淮堅信不移。燕王是個怎麼樣的人，那次進城一會就知曉。

「聽說……」穆宴雛打了個噴嚏，「不久後，就要打仗了。這次，你也還是出征？」

謝安淮點了頭，「燕王能拿下洛越是無疑。南國和西突也快要結束這場戰爭，父王的意思是，既然南國不守信用，不如先將南國攻下，再去討伐燕都。我出生在亂世，看了太多無辜百姓流離失所，眼下不過是希望能早點結束這場戰亂。」

「你什麼時候走？」穆宴雛問道。

「兩個月後。」

「能不能帶上我？」

「不能。」謝安淮堅決地說。「打仗非同兒戲，你去了只會讓我擔心。再說，哪裡有女兒家去戰場的？」

聽到這裡，穆宴雛不服氣的舉起拳頭，告訴他自古女子上戰場不是例外，不要小瞧她的武藝。謝安淮呆了一下，笑起來，調笑穆宴雛人小鬼大，用的東西句句在理。

「你可只會用劍？」謝安淮問道。

她想了想，回答道：「當然不止會用劍。」

「有興趣和我比劃嗎？」謝安淮扔掉酒壺，從身後拿了兩把刀，給了穆宴雛一把。「這可是真傢伙！」

穆宴雛雙手拿刀，點頭道：「那就點到為止吧！」

她拔開刀，兇猛地朝著謝安淮砍去，恰巧讓他避開。兩人打鬥在一起，穆宴雛明顯占了下風。謝安淮的招式向來以快為準，讓人沒有時間可以找到他的破綻。時間拖得越久，對她越沒有好處。

「嗯？」謝安淮用刀指著她的喉嚨，邪魅一笑。

久經戰場，謝安淮對一個小姑娘的心思還能不了解。看著她氣鼓鼓的樣子，像只脹氣的球，謝安淮放下刀，替她捋了捋頭髮。

不料，穆宴雛突然拔出手裡的小刀，低著他的喉嚨，笑道：「對一個人最放心的時候，對自己也最危險。你不會知道那把刀什麼時候會朝向你。」

謝安淮握緊她的手腕，一字一句道：「雛兒，你比我想的要厲害。」

「過獎。」穆宴雛的手被他緊緊抓住，掙脫不開。「能不能放開我，很痛啊！」

房頂傳來輕微的腳步聲，兩人屏氣凝神。謝安淮一直看著她的眼睛，慢慢地鬆開她的手腕，捂住她的嘴巴。屋頂上的聲音越來越響，過了一會兒，依依從後面跑出來，上頭頓時沒有了聲音。

「殿下，小姐。」依依拿著一件衣服，面色發青。「我剛剛在後殿發現一件羽衣羅裳，不知道是誰的衣服。」

那件衣服在黑暗中散發著光亮，點點螢光，有些透明，十分光滑。穆宴雛的目光被那件衣裳牢牢吸引住，不自主地朝著依依走去。她舉起衣裳，華美豔麗，似乎是天上才有的東西，讓人那麼震撼。謝安淮讓依依收起衣裳，讓她把這件衣服即刻燒毀。

「做什麼？」穆宴雛不明白。

謝安淮臉色沉重，長袖一甩，「這不是好東西。前朝滅亡，因一個女子。並非她容貌傾城，而是和那件衣裳有關係。沒想到，竟然會出現在我殿內。」

傳聞前朝有名女子，名喚夏珠，是個繡娘。她經手的全是皇家衣裳，每一件都美輪美奐，精美無比。夏珠的名聲傳到了皇帝的耳中，便將她接進宮中當御用的繡娘。有一次，皇帝夢見月宮來了仙子，託給他一件羽衣羅裳，千萬囑咐這是上天賜的寶物，萬不可褻瀆。

醒來後，皇帝將這衣裳畫了下來，讓夏珠縫製出來。有個晚上，夏珠將衣裳完成後，覺得格外好看，悄悄穿上衣裳在後花園溜達。用螢光線繡的衣服，在夜裡如同星辰般散發著光芒，像是仙子降臨人間。

宮人們都被這一幕驚嚇到，連忙稟告皇帝。所謂羽衣羅裳能傾天下，自然也就傾了國家。皇帝夜夜沉迷女色，亡國是必然的。

而那件羽衣羅裳，不知所蹤。

「真有這麼神奇？」穆宴雛搶過衣裳，不肯給依依。「只是傳聞罷了。一件普普通通的衣裳，哪裡有那麼可怕！」

「雛兒！」謝安淮有些生氣，「這東西是禁忌，別胡鬧。」

「羽衣羅裳，若是能傾國，想必金陵王是很需要它吧！」穆宴雛試著披上衣裳，那一瞬間，她似乎處在另一個世界。「真是很漂亮的衣裳，天底下有如此巧奪天工之物，難以置信啊！」

「雛兒，美貌有時候，只會帶來災難。」謝安淮伸出手，把羽衣羅裳撕破。「前朝皇帝，就是最好的借鑒。」

依依端來火盆，熊熊烈火在燃燒，就在謝安淮扔掉之際，穆宴雛還是死死的撲上去，把羽衣羅裳完好無損的留下來。

「給我幾天時間，我再把它給你。」穆宴雛抱著羽衣羅裳，跑進殿內，心裡有了打算。

謝安淮和依依看著穆宴雛進了屋子，不知所措。風越來越大，火盆裡的火漸漸消失，剩下一點火苗。

「依依，你看著她，別由著她胡來。」謝安淮望著屋頂，上頭空無一人。估摸著是哪個嬪妃養的貓被放了出來，他也沒那麼在意。

羽衣羅裳，巧奪天工，美輪美奐。夏珠當時製作這件衣裳時，大概也是被這美麗所迷惑，然後連自己都迷失了吧！

她的驚豔，換來了一夜傾城，卻換不來一生相守。

來去春夢幾多時？去似朝雲無覓處。

穆宴雛坐在鞦韆上，雙腳搖搖晃晃，垂眸看著地面。她將此事告訴了燕王，燕王吩咐儘快將羽衣羅裳送到燕都，不可怠慢。穆宴雛回想起謝安淮的話，心中一震，緊緊握住繩子，這或許是個好機會。

女色近君，無非就是禍國。

鞦韆一擺一擺，穆宴雛緩緩地抬起頭，展開笑容。

西突滅國，反而讓南國得了大便宜。燕王沒有動作，金陵也奈何不了，看起來南國是要有下一步動作了。離開南國之後，穆宴雛每次聽到南宸這個名字，總是會去好奇地打聽關於他的事情。但打聽到的事情，總是不美好。南宸自從上位，便被百姓冠以「暴君」的名號。殺人不眨眼的魔鬼，用在南宸身上再適合不過了。

「南宸……」穆宴雛笑道，「他生錯了地方。」

背後冷不丁地被人拍了一下，回頭一看，見眼前的男子很是陌生。穆宴雛瞥見男子身上的虎紋，意識到是位高權重之人，於是點了下頭。

「小丫頭，太子在哪裡？」男子見穆宴雛不語，笑著解釋道，「我是裕王。太子找我有要事商量，可這大半個宮殿，倒是連個影子都沒碰到。正巧，看到你在盪鞦韆，我就來問問。」

穆宴雛說：「太子在太和殿，正在和王上論事。」

「是嗎？」裕王拉著繩子，俯下身溫柔地問道：「你一個人玩，不膩嗎？」

「現在宮裡宮外都為戰事而煩，哪裡還有人有空理會我！」穆宴雛對上他深綠色的眼睛，別開臉，「你別再看我了，我又不是什麼稀世珍寶。」

裕王伸出手捏著她光滑的臉，笑盈盈道：「稀世珍寶什麼的我是看多了，你的眼睛我還是第一次見到。純黑色的瞳孔，真是罕見啊！」

她打掉裕王的手，含著怒火道：「裕王知道什麼是規矩嗎？我是殿下宮內的人，裕王這樣做是不是於理不合？」

「小丫頭，你跟我談規矩，是不是太囂張了！」裕王狠狠地捏著她的下巴，皺起眉頭，眼睛死死的盯著穆宴雛。那一刻，他眼裡的殺氣是藏不住的。「我不想動粗，不想傷害你，還不至於和一個小姑娘過不去。」

只是，這雙黑色的眼睛如同黑玉般稀有，裕王瞧著便轉移不開目光。穆宴雛怒瞪著他，下一秒就要抽出腰間的小刀。好在裕王放開了穆宴雛，他負手而立，語氣緩和：「宮內只有御用侍衛才能佩刀。」

「我……」穆宴雛頓時無言。

「太子一定很疼你，這宮中的規矩在你這裡就作廢了。我還從未見過一個無名無分的人可以隨意走動，還能隨身帶武器。」裕王還是溫柔地說。

想來也是，穆宴雛從沒見過一般侍衛帶刀在宮中走動。穆宴雛搖著鞦韆，不想裕王在身後推了她一把，整個人都輕飄飄的盪了起來。穆宴雛笑了，乾淨純粹。裕王一直等著她玩夠了，才停下手中的動作。

「你不是要找殿下，怎麼浪費了那麼多時間陪我玩？」穆宴雛下了鞦韆，拍了拍袖子，「既然都這樣了，我便跟你一同前往。正好，我也有事情找殿下。」

「你不用上學堂嗎？」他問道。

穆宴離怔了一下，斷斷續續回答道：「我覺得……宮內的……課業，不太適合我。」

「我還以為是因為你害怕那個相府的二小姐。」裕王調笑著，「當年你把相府的二小姐給揍的狠了，伯父同我講起，我還琢磨著哪家的小姑娘這般潑辣。今日一見，原來是個弱弱的小姑娘。」

兩人一同大笑起來。那次穆宴離確實把相府的二小姐給揍了，謝安淮也因為這件事情跟她發了火。那次之後，她再也沒有去學堂完成課業，是謝安淮的太傅來教她。

除此之外，她還跟著謝安淮學習射箭。百步穿楊，如今也不在話下了。

「相府的二小姐怎麼樣了？」穆宴離問道，「那個時候莽撞，現在想來也慚愧。這一年後，我再也沒有見過她了。」

裕王舒展眉頭，幽綠色的眼睛一眨一眨，笑道：「她被相國公送去了很遠的地方，這些年是不會回來了。至於什麼原因，我也不是很清楚。」

穆宴離聽著，胸口悶悶的，她朝著裕王說了一句「走吧」，便大步跨向太和殿。一路上，裕王時不時和穆宴離談笑，甚至還在魚塘邊停下來抓魚。裕王抓了幾條魚仔，愁著沒地方放，就放回去了。兩人打鬧著，就忘記了要去太和殿一事。

「你會跳舞嗎？」裕王問道。

「會呀！」穆宴離向裕王灑水，弄的他一身濕。「我還小的時候，家主給我請來了舞師。我雖是不願意，可撐撐門面還是行的。」

穆宴雛多年沒有再碰過那些漂亮的舞衣，動作也生疏。當年舞師辛辛苦苦教她的舞步，現在邁開步來還真的是夠困難。裕王眼睛閃躲，下意識道：「我平日一人奏琴，少了幾分樂趣。若是有時間，不妨陪我舞一曲。」

「裕王如此愛音律，府上舞妓想必是不少。我和她們比起來，自然不能勝任。那麼，裕王這又是何意？」穆宴雛會心一笑。

「閑來無事，找個投機的人散散心罷了。」他回答道。

穆宴雛見他態度誠懇，笑著說：「今晚來後花園，我給你舞一段。」

「好呀！美人加美景，相得益彰。」裕王很是爽快，一口答應。

裕王十八九歲出頭，身姿挺拔，笑起來也是格外好看。穆宴雛想著今晚的事情，於是就趕回殿內，躺在床上想了許久。她拿出那件羽衣羅裳，緊緊拽在手中。等到傍晚，謝安淮回到殿內，看她在妝臺前細細打扮，好奇地拿起木梳，替她撥開青髮。

男子給未婚女子梳頭在宮內是不允許。謝安淮輕柔地梳著頭髮，一點也不在意這件事情。在他眼裡，不過是尋常人家之間的親近。穆宴雛盯著鏡子中的自己，摸著臉龐，頓時開始生出一股喜悅。嬌小的臉蛋，墨黑的長髮，白皙的皮膚。眉毛就像遠處的山，淺淺淡淡，美不勝收。

「疼嗎？」謝安淮給她梳了宮內少見的驚鴻髻，配上精美小巧的玉墜流蘇。「這個髮髻是前朝長寧公主所創，已經失傳很久了。母後還在的時候，特別喜歡這個樣式。當時宮內外都喜歡效仿這個。」

謝安淮的母親已經死了，被他的父王狠心處死。七十二根毒針，血濺整個鳶瑒宮。他的母親，生來多情，與人苟合，金陵王定然是不會容下她，連同那個未出生的嬰兒一併殺害。死後不得入皇陵，只能葬在外面。金陵王雖然愛他的母親，但不可能容忍皇家這種傷風敗俗之事。他對她的愛，給了她的孩子。謝安淮不是嫡長子，他是第四子。理應太子這個位置不是他做，可金陵王對他疼愛入骨，朝廷中的人也不敢再多言。

她的母親，生前是個很美的人。爺爺給她取字為「芷」，是希望她美好純潔。怎麼會料到，白髮人送黑髮人，紅顏薄命。謝安淮低下身子，靠近她的耳旁道：「雛兒長的這麼美，長大了給我做王后可好？」

一句玩笑話，穆宴雛當真聽了進去。

「我說笑的。」他挺直背，笑道：「待我開疆擴土，平定叛亂，雛兒就陪我雲遊四海，去看遍這萬里山河。」

穆宴雛拉起他的手，小小的手指緊緊握住他寬大的手掌：「真的有那麼一天的話，我願意跟你去看這大好河山，吃遍這世間的食物。我的承諾，此生不變。」

「我說笑的。」謝安淮重複了一遍。

他放下梳子，整理衣袍坐在床前，嚴肅地說起燕都的事情來。燕王已經派兵攻打洛越，不出幾日必能破城。他的深思謀略非一般人可比，只怕很快就會將目標轉移到金陵。謝安淮很多時候，對燕王這個人不得不佩服。年幼登基，橫掃七部，收服燕都。燕王聰慧，燕都雖不是大國，可目前的一切都在燕王的掌控中。

穆宴雛描起眉毛，偷偷瞥了他幾眼，收起眼裡的情緒。謝安淮躺在床上，閉起雙眼，聽著穆宴雛稀稀疏疏的聲音，渾渾噩噩的睡去。穆宴雛整理好妝容，穿上羽衣羅裳，悄悄地給他蓋上被子，掩蓋好門窗，朝著後花園走去。

夜裡涼，羽衣羅裳薄薄的一件，冷的穆宴雛直發抖。她尋著琴聲找過去，只見裕王穿了一件白衣，頭髮隨意挽起，坐在亭子中彈琴。琴聲美妙靈動，似乎在訴說著美好的故事。

裕王停下撥動的手指，輕柔地問道：「你這衣服是從何而來？」

「只是件尋常衣服，裕王不必擔心。」穆宴雛笑道，手裡是一把汗。

「是嗎？」裕王的眼神發生了異樣，許久還是笑著說：「那我開始了。」

「嗯。」

他撥動琴弦，她翩翩起舞。穆宴雛按照記憶跳了一支「春江花月夜」，盡可能還原到最初的狀態。裕王時不時看向她，那隨風而動的羽衣散發著點點螢光，像是仲夏的螢火蟲，生動而神祕。他的節奏越來越快，如同珍珠落入玉盤，清脆的敲打聲。

突然間，裕王停下，穆宴雛頓時愣在原地。

「我還以為是仙人。」他猛地笑道，「你這舞姿雖不算上乘，可這衣裳卻是罕見。只怕，很少有人能製作的出這種衣裳。」

樹下的穆宴雛，安安靜靜地站在那裡，黑色的眼眸裡面沒有一點亮光。樹上的花瓣紛紛揚揚，落在她的衣裳上，美的如同一幅畫。她淺淺笑著，不知道該如何是好。

「裕王可有聽說過羽衣羅裳？」穆宴雛平淡地問道。

「那是前朝夏珠的衣裳，聽說已經銷毀了。」裕王再次彈琴，這次是低回婉轉。「羽衣羅裳是禁物。不過，我也沒見過它的樣子。」

穆宴雛走到亭子裡，雙手支撐著臉頰，問道：「前朝是因為夏珠才亡國嗎？我總覺得，沒那麼簡單。」

「真假我是不知。既然史官留下是這樣的結局，我信便是了。夏珠這個人，的確禍害不淺。羽衣羅裳本來不是她的東西，但最後讓她得到了一切。」裕王閉口，望了她一眼，溫柔似水。

「你提這個做什麼？」

「沒什麼。」穆宴雛趴在桌子上，雙手無聊地擺動著。「我還想玩鞦韆，你來推我吧！」

她興沖沖的跑到鞦韆架下，站在鞦韆上，笑聲似鈴鐺般響亮。裕王慢悠悠的走過來，拉著繩子，輕輕搖擺。他們談起各自的心事，相互調笑，一直到天亮。

穆宴雛在裕王懷裡睡去的時候，他曾俯下身子，打量著她的眉眼，竟然生出一絲喜悅。「有美一人，清揚婉兮。」

清晨霧濃，依依帶著籃子，去後花園采些花做成糕點。穆宴雛快天亮了才被人送回了，整個人發起了高燒。現在謝安淮憂心忡忡的在照顧她，氣的差點把御醫砍了好幾個。他摸了摸穆宴雛額頭，熱得燙手。她嘴裡還在說什麼，斷斷續續，一個字也聽不清楚。

「御醫，御醫！」謝安淮憤怒地喊道，「這麼久了，燒還沒退。」

御醫衝進來跪在地上，不敢抬頭。他顫巍巍地回答：「微臣發現，姑娘不僅僅受了風寒，而且還中了毒，所以才高燒不退。這毒目前還在配解藥中，殿下再等等。」

「中毒？什麼時候的事情？」謝安淮問道。

「據微臣的推算，半個月前左右。」御醫大氣不敢喘一口，見謝安淮怒火上頭，回話也是小心翼翼。「殿下放心，姑娘身上的毒微臣一定會解開。」

「殿下。」依依從簾後走出來，面色沉重。「借一步說話。」

謝安淮隨著依依走到屏風後面。依依說穆宴雛是裕王送回來的，回到殿內已經是熟睡，喚也喚不醒。謝安淮聽到裕王後，莫名的生起氣來，來回走動，心裡不安。

「依依，半個月前她可有遇到什麼陌生的人？」他抬了抬下巴，問道。

「沒有。」

「可有仇人？」

「沒有。」依依想了會兒，堅定地搖頭。

謝安淮沉默地回到她身邊，摸著她的臉頰，重重的歎息。時間流逝，穆宴雛始終沒有醒過來。

一個月後，金陵攻打南國，燕都的鐵騎踏平了洛越，硝煙彌漫，百姓流離失所，苦不堪言。謝安淮率領十萬大軍駐守祁郡，兩國大軍戰亂不斷，一時間難以攻破。

軍營中有士兵在夜晚唱起不知名的歌謠，引起了謝安淮的注意。他走到瞭望臺，俯瞰這座城，蒼白的臉上盡是疲憊。

「禾黍不獲君何食？願為忠臣安可得？思子良臣，良臣誠可思：朝政出攻，暮不夜歸！」

第六章 紅顏策馬

朝中來報，金陵王有命令，取下南宸首級者，黃金百兩，賜於一等官員。這個消息傳到校場，謝安淮皺著眉頭，目光望向遠處。戰火連綿，南宸手握重兵，難以靠近。何況，這場戰是輸是贏，都不能確定。眼下最重要的是，士氣不能弱，人心不能亂。謝安淮安排他們繼續練習，自己則趕回大帳。

「殿下！」

謝安淮坐在大帳的正中央，翻閱著這幾天各路探子的消息，都是一些無用的東西。他扶著額頭，焦頭爛額。

「殿下，眼下東邊該如何是好？」左聃摸著鬍子，一臉不愉快。「臣認為，只守不攻是沒有用處，南國的兵遲早會打進來。」

「左將軍此言差矣。東邊的城門最為牢固，沒有極大的兵力是不可能衝破城門。」謀士在一旁打斷左聃的話，朝著謝安淮進言，「我們可以來個請君入甕，然後放火燒城。正值天氣炎熱，一定能燒個乾淨。」

左聃不願意了。「城裡的百姓怎麼辦？這麼短的時間內根本撤離不出去，放火燒城根本不是長遠之計。」

「左將軍說的在理，放火燒城損失太大，起不了任何作用。臣看，不如挨著殿下的意思，先守住城門，一切從長計議。」另一個謀士起身進言，同樣拒絕了左聃的意思。

謝安淮揮了揮手，掃視了一周，翻開地圖，大夥兒都湊了過來。他指著南國的這塊地方，放上一個旗子，在東邊城門這塊地方，放上馬和士兵。擒賊先擒王，一旦把南國的兵力吸引到東邊城門，南國的大營裡便沒有了主力，換上金陵的旗子，一半的軍隊必然會慌張。趁機打亂士兵的士氣，自然可以順水推舟攻破。

「殿下好主意啊！」謀士拍手叫好，「只是，這頭戰讓誰領兵呢？」

「臣去吧！」左聃說。

大營還要人守住，左聃是不能打頭戰，謝安淮左思右想，覺得還是要再想想。還沒等謝安淮開口，外頭來報，南邊的大營無緣無故燒了起來，讓謝安淮趕緊去看。

謝安淮立馬跑出去，各位將領也跟著跑出去。南邊的幾個大營燒了起來，士兵們正在撲火。煙氣直沖上頭，謝安淮捂著鼻子退到一旁，剛好踩到了什麼東西，一個踉蹌才站穩。他撿起地上黑糊糊的東西，聞了一下，一股焦味撲面而來。

「喬翊，你過來，看看這是什麼？」謝安淮把東西扔到喬翊手裡，不耐煩地問道。

東西圓溜溜的，一摸手上就沾滿了灰。喬翊仔細瞧著，良久，才確認這是火藥。火藥是從西方傳過來，威力不小，南國拿出這種東西，是想將這片大營給炸了。

「殿下，南國一定是想聲東擊西，吸引我們的注意。他們的火藥並沒有很多，我們大可不必擔心。」喬翊說著，讓士兵們把這塊地方給收拾乾淨了。

謝安淮想來想去，把喬翊拉到一旁問道：「南國今晚準備偷襲，他們兵力大概有多少？」

「目前估測有一千人左右。」喬翊瞇起眼睛，又改口，「可能也只有幾百人。這種只需要放火的小事，南宸肯定不會派很多人來。殿下放心，今晚我們來個守株待兔，留下活口逼供。」

謝安淮看著火漸漸小去，便開口道：「如此便好，下去安排，不能出錯。」

「是。」喬翊道。

「殿下，他們的目標是我們的大營……」左聃解釋道。

謝安淮沉默，他又怎麼會不知道，今晚好好守住大營，就有一場戲可以看了。南國的兵講究的是速度，速戰速決，拖延時間對他們沒有好處。謝安淮抓準了這一點，料到他們定然是趁著防守最鬆懈的時候進攻。

他一個人站在哪裡，任由風吹亂了他的頭髮。烈日上頭，站在大火的旁邊竟然感覺不到悶熱。謝安淮閉上雙眼，想起穆宴雛這些日子依然沒有醒過來，不免感到憂傷。出征有個把月了，他沒有得到關於穆宴雛的任何消息。

金陵宮內人心惶惶，穆宴雛那次中毒徹底惹火了謝安淮。查遍整個宮殿，也沒有找到那個下毒之人。在淑貴妃院內的那口水井，倒是發現一個淹死的婢女。金陵王看到這一切，沒有做任何解釋，全權交給蕭王后處理。死無對證，在淑貴妃尖銳的眼神下，一切似乎與她無關。

那樣好看的眼睛，可是怎麼也比不上穆宴雛的純粹。

士兵來報：「殿下，南國向我們開了火，情況有變！」

謝安淮急匆匆地跑上瞭望臺，看到南國大軍的旗子在搖擺，打鼓聲震耳欲聾。放眼望去，十萬大軍，數量不可小覷。

「殿下，微臣先去殺頭陣。」左聃雙手抱拳，請求道。

「他們那是什麼陣法？」謝安淮喚來謀士，對著那團五星的陣型感到詫異。「先叫人探探虛實，不可衝動。」

謀士在紙上寫寫畫畫，良久，才破解出這個陣型。謝安淮拿過圖紙，滿意的點了點頭，臉色頓時陰沉。「左將軍，你先去吧。」

「是。殿下。」左聃下了瞭望臺，騎上馬，領著一支幾千人的軍隊先殺出了城門。

左聃在金陵是出了名的驍勇好戰，年過四十，依然可以以一敵百。他氣勢洶洶地揮著人刀，在混亂中廝殺。謝安淮看準時機，命人放箭，自己則拉開弓箭，準確地射在了敵方的主旗上。

「準備馬，我親自去。」謝安淮眼睛死死的盯著主旗，殺氣彌漫開來。

七八歲的年紀，金陵王親自教他習武。謝安淮試過許多兵器，唯獨只有劍最適合他。他跟著左聃打過不少戰，雖有幾次失利，可獨當一面已經不成問題。謝安淮騎著馬衝出城門，直奔向主旗的位置。

一路屍體遍佈，謝安淮皺起眉頭，果斷地殺過去。他擋住了敵方的主軍，可惜對方人數太多，靠近不了主旗。

「謝安淮你這個小狼崽子，總算把你引出來了。」對方的主將揮起大刀向他砍去，西突兵也逐漸將金陵兵包圍起來。

「這不是金陵的太子嗎？」另一人笑道，「聽聞這個人年紀輕輕，打了不少勝仗。哈哈哈，後生可畏啊！」

「可不是，金陵太子年紀還輕著呢！」若有若無的話語，實則是暗藏的諷刺。

謝安淮瞥了他們幾眼，傲慢的姿態，不屑一顧。區區幾千人，怎麼可能敵得過南國的大軍。

謝安淮拼死殺出一個出口，左聃跟在其後，迅速返回城中。謝安淮退下鎧甲，重新到瞭望臺觀望。主旗已經被拔下來，主將坐在那裡，目光全部集中在城牆上。

「全部防守住。」謝安淮對左聃說，「現在不能硬打，我們根本靠近不了主將。這些日子暫時先這樣，命所有人來大營裡商量。」

「是。」

「對了，城門緊閉，不得放行。」謝安淮又加了一句。

「是。」

回到大營，各位將領謀士議論紛紛，各有各的看法。謝安淮翻著地圖，眼皮下垂，他此刻頭疼的厲害。這時，謝安淮的身子一陣寒意，在不停的發抖。他讓將領們各自議論，自己則到大營後面休息。喬翊給他倒水，看謝安淮一臉疲憊，就不打擾他休息。

剛要轉身離開，謝安淮撐著腦袋問道：「雛兒醒了嗎？」

「不知道。宮內沒有來任何消息。」喬翊回答道。

謝安淮沒有睜開眼睛，他強撐著身子，手握成拳頭。「喬翊，你說如果我們那年去燕都，沒有碰到她，如今是不是就沒有那麼多在乎了。」

「那殿下覺得，帶她回金陵又是為何？萍水相逢，僅僅只是因為……」喬翊疑惑地問道。

「她就像一朵解語花，她看懂了我，我把心給了她……」謝安淮突然大聲笑起來，還沒開口就被喬翊打斷。

「可殿下卻看不透她的心。」喬翊失笑道。

「只是個沒長大的小姑娘。」謝安淮感歎道，溫柔而堅定地道。「說起來，那年，她還真的是個很小的姑娘。」

爪子都還沒長齊，就開始撓人。謝安淮眨了眨眼睛，失神片刻，才談起正經事情來。城門關閉，就留著大營那個方向，晚上等著他們來放火燒營。如果今晚沒事，那麼對付西突需要重新想辦法了。

喬翊聽著，默默地低下頭，眼裡有的是不明的情緒。

一切很順利。

探子的消息沒有錯。昨晚南國士兵突襲了大營，放火燒了好幾個。那些大營全部已經撤離了人，在外面看到的影子只是用衣服掩蓋的偽裝，南國士兵沒有察覺到，於是中了謝安淮的圈套。留下幾個領頭的人，其餘全部殺害。今早，謝安淮命人審問，可發現都已經咬舌自盡，什麼也問不出來。

謝安淮命人把這些屍體處理完，扔到亂葬坑。他到大營商量要事，頓時大營內熱鬧起來。將領們竊竊私語，謝安淮正襟危坐，瞧著他們，一言不發。喬翊咳嗽幾聲，眾人才安靜下來。

「各位對南國的下一步動作有什麼看法？」謝安淮握緊拳頭，掃視了四周。

眾人面面相覷，沒有人開口。

「昨晚火燒大營，今天想必就是要派人來探我軍的虛實。你們一個個坐在這裡說了那麼久，就沒有對策？」謝安淮低聲呵斥道。

「殿下，臣覺得還是按兵不動的好。」謀士起身，滔滔不絕，「昨個南國偷襲沒有成功，他們一定想了其他對策。現在探子仍然沒有消息，我們也不敢輕易下定論。」

將領們紛紛點頭。

左聃站起來，對著謝安淮說：「殿下，臣覺得等探子的消息是等不太到了。昨個能輕而易舉地拿下那些南國士兵，他們對此事可能已經有察覺……」

謀士再次說：「左將軍說的在理。」

「左聃，你在這裡守住大營，我混進去探個究竟。」謝安淮下了命令，語氣是不容拒絕，「在我不在的這段時間，一切都聽從左聃的安排。記住，不到萬不得已，不能出兵。等我回來，再從長計議。」

雖然有不少人反對謝安淮潛入南國內部，但太子下的命令，他們也只好乖乖閉嘴。謝安淮讓喬翊留下，自己帶著幾個侍衛裝扮成南國士兵狼狽的逃回去。因為南國的口音和金陵大不相同，只好讓幾個會說南國話的士兵開口，自己能不說話就不說話。

他們被抓到南宸面前，斷斷續續地報告已經編造好的故事。謝安淮不敢抬起頭，只能瞥到高座上的南宸，一臉嚴肅地喝著酒。

「沒做好事情還敢回來？」南宸用酒杯砸向他們，含著怒氣，「就你們幾個，其他都死了？」

「是。」

南宸轉著眼珠子，盯著他們看了許久，緊緊皺著眉頭，問道：「可有見到金陵太子？」

「小的們並沒有見到。」

「是嗎？」南宸突然拔出劍，一步一步地走向謝安淮，把劍架在他的脖子上。「我說，他們都死了，你們怎麼還活著回來？」

謝安淮低著頭，冷冷的劍鋒在脖子上摩擦。只要一個不對，這把劍就會落下來。南宸尋思良久，收回劍，好看的眉眼向上一挑，淡淡的說了一句：「退下吧！」

幾個人相互看了一眼，乖乖地退下。

謝安淮轉身離開之時，他別過頭看了南宸一眼。冷淡的神情，挺拔的身姿，還有那寒到骨子裡的無情，謝安淮都一一看在眼裡。幾個人來到一處偏小的篷子中，西突士兵說這是他們的休息處。南宸沒有下命令前，他們需要跟著其他士兵巡邏，一日三餐去後營排隊領取。

謝安淮點了頭，走到篷子中坐下。幾個人圍在一起，留一個人在外頭把守。南國大軍的所在地，複雜多變，巡邏的士兵一批接著一批，想要靠近主帳內聽取資訊十分困難。

「殿下，這地方全都是士兵，我們不好行動。」名叫趙謙的侍衛一臉愁苦，雙手不知道該往哪裡擺。

「是呀！南宸那人精明著呢！殿下派兵幫助他們，結果來了個先王已逝，答應王上的東西，還不是撈了個空。」其他人附和道。

「就是就是，南宸這人鬼著呢！」

正當謝安淮思考的時候，外面傳來談話聲。趙謙起身出去打探消息，原來是輪到他們去巡邏了。侍衛們原本是讓謝安淮不必去，可外頭的西突士兵氣衝衝地進來呵斥，為了避免露出破綻，只好所有人都起身。

西突士兵給他們安排了靠近主帳一帶的巡邏，突如其來的好消息讓謝安淮措手不及。他一路上尋思良久，溜到主帳外的窗，往裡面一瞧，沒有人。謝安淮向侍衛們使眼色，自己則從窗外爬進去。

主位上放著各國的消息，還有南宸親筆的書信。謝安淮翻來覆去，找到了密函。他打開來看，寥寥幾個字，破解開來就是：罪已詔。

原來是這樣。謝安淮把弄亂的東西收拾好，從進來的那個窗口爬出去。他和侍衛們集合，下命令後天放火燒了他們的糧草，找幾匹好馬衝出他們的軍營。話還沒說話，背後就傳來南宸冷冷的聲音：「不是巡邏嗎？聚在一起說什麼？」

他們不敢說話，謝安淮繼續低著頭。南宸負手而立，狠狠地瞪著謝安淮，靠近他的身子，唏噓道：「別做出讓我殺了你的事情來。」

緊接著，南宸頭也不回地走進主帳。掀起簾子的那一刻，他分明的側臉逆著光，似乎觸到了神的光彩。謝安淮站在主帳外，俊美的五官迎著光，眼睛閃閃發亮。

那一刻，謝安淮望著天，陽光漸漸暗淡，取代而之的是陰暗的天色。

與此同時，金陵下起了大雨，淅淅瀝瀝，各宮的嬪妃們打著傘，聚在亭子裡喝茶閒談。被打濕的花瓣落在地上，放眼望去，地面都是被花瓣鋪滿。依依端著剛煮好的花茶，進了殿內。

依依一直守著穆宴雛，沒有半刻放鬆。剛才出去的時候，見她手指動了，便欣喜不已。依依喝了口水，給穆宴雛換了身衣服，坐在一旁靜靜地看著她。

幾刻鐘過去，穆宴雛開始搖晃著腦袋，眼睛時不時動著。依依見狀，趕緊摸她的額頭，已經沒有那麼滾燙了。

「小姐，小姐。」依依小聲喚她。

穆宴雛緩緩睜開眼睛，眼前的一切迷迷糊糊，她努力地想要看清，可頭有些疼。「依依，我要糖水。」

「好的，小姐。」依依去膳房提了一壺糖水回來，把穆宴雛扶起，小心翼翼地送到她嘴邊。

穆宴雛喝著水，身體虛弱，問道：「我睡了多久？」

「快兩個月了，殿下還以為小姐醒不過來了。」依依說著說著，臉色都開始難看起來。「小姐，你總算醒過來了！」

穆宴雛放下杯子，將淩亂的頭髮別到耳後，問道：「他人呢？」

「殿下出征南國了。」依依回答道。

穆宴雛捧著杯子，披上外衣，下了床。她走到門外，看著大雨傾盆，緩緩開口道：「我做了一個夢，很長很長的夢。在夢裡，我還是個不足八歲的孩子，無憂無慮的生活著。兄友弟恭，想要什麼東西，家主都會給我。可一覺醒來，自己早就過了那個時候。」

「小姐能醒過來是萬幸。」依依安慰道，「過往雲煙，忘記也是一件好事。小姐，你剛醒來，還是回屋子休息吧！」

穆宴雛把手伸到屋外，雨打在她的手上，慢慢握緊。

「依依，你跟在燕王身邊多久了？」穆宴雛問道。

「兩年多了吧……」依依回答道，「時間過了太久，我也記不清楚了。」

她之前是尚書的庶女，兩年前因為不堪家眷的侮辱而離家出走。一個人原本打算南下，不巧經過林子時遇到土匪，剛好燕王從那裡打獵回來，救了她一命。她雖然不是正室所生，但母親教會了她很多。燕王見她可憐，無家可歸，於是讓人帶她回宮。

天資不算高，但認真學習還是能達到燕王要求的標準。依依習武，經過重重考驗才得到燕王的認可，留在他身邊做事情。

穆宴雛點頭，心裡百般滋味，竟然無從說起。「依依，王上待你如何？」

「王上待我自然是不薄。只是，小姐為何你會突然問起這個來？」依依疑惑地看向穆宴雛，笑意濃烈。「小姐如此惦記著王上，是喜歡王上不成？」

穆宴雛掩嘴笑道：「喜歡如何，不喜歡如何。他是王上，而我只是他的棋子罷了。」

雨下得小了，穆宴雛回到屋子內，坐在案前翻開書卷，細細讀起來。依依端著上好的花茶，放於案邊的一角。

「小姐，你平時可是不怎麼讀書的，今個怎麼那麼用功啊！」依依抿著嘴唇，想了想，「那個太傅很久沒來了呀！」

「提他做什麼？」

「小姐的功課都是他教，這麼長時間都不來，他一定是厭倦了。」依依嘟著嘴，憤懣不平。

說起來，太傅確實已經很久沒有授她課業了。尋常時間，穆宴雛都是自個琢磨。她喜歡兵法，便專心學習兵法。日子一長，對兵法熟悉起來，各種計謀都能記熟在心。

「小姐啊，你說殿下他……」

「有人在嗎？」門口傳來的聲音打斷了正在談話的兩個人。

穆宴雛看了依依一眼，依依便走到門口，一看是個侍衛。

「今日你家小姐可有醒過來？」侍衛問道。

依依望向屋子裡的穆宴雛，點頭道：「小姐剛醒過來不久，身體虛弱，見不得外人打擾。」

「這樣啊！」侍衛打了一下手心，有些著急。「今個得到我軍的來報，說殿下被捕，生死攸關。哎呀，你說這……」

「進來說話。」穆宴雛合上書，放下筆，臉色發白。「我都聽見了。」

侍衛進了屋子，雙手抱拳，細細說道：「前幾日殿下為了打探南國軍隊的虛實，便潛入他們的大營。昨晚準備逃離大營的時候，卻被對方逮了個正著。現在，南宸將殿下關在大牢，若是沒有十萬糧草相贈，是不肯放了殿下。然後，王上說……」

他的身子在發抖，怎麼也說不出下面的話。

「說。」穆宴雛抬起頭，盯著他一動不動，心裡有了大概。

「王上說，就算有十萬糧草，他們也必然不會放人。既然如此，不如，重新立太子……」他沒敢往下說。

穆宴雛舉起的手停在半空中，又緩緩放下。「你出去吧。」

「小姐！」依依趕緊倒了杯水，輕輕地拍打著穆宴雛的背後。

穆宴雛捂住自己的心口，不停地咳嗽，眉頭緊皺。她靠在依依的肩頭，目光無神，喃喃道：「我去救他，依依，我再次南下。」

「小姐！那可是南國十萬大軍，不是南宮內的侍衛！小姐，你可萬萬去不得啊！」依依大聲哄著，差點哭出了聲，「小姐，你可別傻啊！」

「不是的，依依。一旦他死了，那麼，我們在這金陵宮也待不下去了。」穆宴雛聲音漸漸變小，她難以置信的搖著頭，眼眶紅了一圈。「南宸這個人，就像金陵王所說的，他一定是不會放人的。」

「小姐。」依依哭都沒有了聲音。

「對了。」穆宴雛找了紙，打算求助於燕王。儘管知道這樣做，會引起燕王的不滿。但是，謝安淮不能在這個時候死去。

她寫了很久，也不過只是短短一些話。

王上：

金陵太子被南國大軍捕獲的消息，相信王上早就知道。對於王上來說，他的生死微不足道。但是，我請求燕王幫我一次，把他救回來。就這一次，我向長生天請罪，若是有什麼後果我一個人承擔，不拖累任何人。

穆宴雛

「依依，送到燕王手中，越快越好。」穆宴雛想了想，又加了一句，「準備馬，我南下。你就不用去了，守在這殿內。」

得知謝安淮被捕，最難以接受的是煦貴妃。她已經懷有身孕在身，昏迷過去七天七夜，身邊的婢女都嚇壞了。金陵王連續幾天沒有上朝，憂心忡忡，食不下咽。宮內最高興的，就是淑貴妃。她是南國人，心怎麼可能會在金陵。被迫留在金陵，淑貴妃可不是心甘情願。聽聞謝安淮被捕，她的打算就是讓自己懷上龍嗣，好搶奪太子之位。

要攻打南國的是金陵，現在反而讓南宸抓去當了人質，傳到朝廷內都只是個笑話。金陵王已經下令封鎖了一切消息，宮外半個字都傳不出去。

穆宴雛拿著煦貴妃的令牌出了宮，馬不停歇的南下，不出三天方可抵達南國大軍的營內。她一路上疲乏，常常出症狀，還是咬著牙冒著炎熱，趕到南國軍營。

南國軍營只有零星幾個人看守，其餘人皆不知所終。穆宴雛闖進他們的大營內部，發現東西早就全部搬走，只剩下一些還沒燒乾淨的柴火。穆宴雛下了馬，抓起一個士兵問道：「怎麼回事？」

士兵緊張起來：「小的也不知道，王上突然撤離了地方，只留下小的幾個看守。」

「金陵的太子呢？」穆宴雛隱隱約約感覺不對勁。

「小的不知道。」士兵話音剛落，身後就傳來男子的冷笑聲。「王上……」

穆宴雛轉身一看，一身鎧甲的南宸朝著她笑著，臉上和手中的劍沾滿了血跡。他抬手擦了擦臉上的血跡，冷冷的道：「你來做什麼？」

隨即他又說：「我猜猜。金陵太子被捕這件事情應該已經傳的不近了，你是來找他的。」

「他人呢？」穆宴雛同樣是冷冷的問道。

「我正準備殺了他當本王新劍的祭品呢！」南宸面不改色。

「你還真的是歹毒。」她繼續狠狠地諷刺道。

穆宴雛拔出劍，指著南宸的臉，二話不說就向他砍去。南宸倒是也沒避開，兩三下破解了她的招式。只是沒想到，穆宴雛會拔出小刀在他的懷裡捅了一刀。南宸一只手捂著流血的傷口，一只手掐住穆宴雛的脖子，艱難的笑著：「你和他一塊去吧！」

「來人，把她和那幫人關在一起。」南宸命令道。

士兵們捆住她的雙手，把她帶到一個陰暗潮濕的地牢。這裡昏暗沒有日光，當她瞥見一個滿身傷痕，衣衫襤褸的男子時，忍不住紅了眼眶。士兵們原本是將她獨自關在另一處地方，耐不住穆宴雛的威脅，只好將她和那個男子關在了一起。

捆住她雙手的是繩子，很容易就解開。穆宴雛蹲在謝安淮的身邊，捧著他的臉，認出了那雙好看的眼睛，她心疼的抱住了謝安淮。

「你醒啦……」謝安淮反而抱她更緊，「你來做什麼？你知不知道這裡很危險。」

「我來救你出去。」穆宴雛真的哭了出來。

謝安淮歎了口氣，摸著她的臉，仔仔細細瞧了個遍，露出笑容：「你沒事就好。我……」他劇烈的咳嗽起來，身上的傷口觸目驚心，還有止不住鮮血的傷口。穆宴雛撕下身上的衣裳，給他小心翼翼地包紮好。謝安淮似乎是累了，安心的在穆宴雛的腿上睡去。幾日幾夜，謝安淮強撐著身子，不敢真正睡去。他從沒有想過穆宴雛會再次出現在他的眼前，那麼真實。

南宸是不會放過謝安淮的，金陵所做的一切都是白費。

不知道過了多久，穆宴雛迷迷糊糊的醒過來。她的衣裳有些淩亂，雙手不安分的在謝安淮懷裡動著。謝安淮似笑非笑的看著她，低頭靠近她的臉頰，輕輕地在她耳旁親了一下。

溫暖的濕度驅散了地牢的寒意，穆宴雛坐起身子，呆呆地望著他。

「雛兒。」謝安淮瞧著她，微笑道。

穆宴雛道：「怎麼了？」

「你能醒過來是萬幸，那些日子，可真的是委屈你了。」謝安淮心裡是無奈又是心疼，滿眼都是憐惜。他摸著穆宴雛的腦袋，捏了下她的臉頰。「我看看，怎麼還是那麼瘦！御膳房是不肯給你送食物嗎？」

「我平日吃的再多，也不長肉啊！」穆宴雛笑著回答。

「為什麼要到這裡來？軍營是個危險的地方，容易喪命。你千里迢迢趕來，一路上一定吃了不少苦頭。」謝安淮抓著她的肩膀，有些生氣，更多的是心疼。他一直照顧的姑娘，竟然一個人闖到南國的軍營，實在讓他無法置信。

穆宴雛繼續笑道：「我在金陵只有你一個人了。你要是死了，我估計在宮內也待不了多久。」

「是嗎！」謝安淮鬆開雙手，自嘲道：「還以為……」

話說到一半，謝安淮突然閉嘴，留下的疑問在穆宴雛腦海裡揮之不去。穆宴雛靠近謝安淮，耷拉著腦袋，沒有說話。

良久，她才開口問道：「這個天下你必須爭奪嗎？」

謝安淮遲疑了一會兒，把她抱在懷裡，下巴抵在她的腦袋上，似乎只有這樣才能驅散寒意。他深情款款地告訴穆宴雛，這個天下他不爭，自然有其他人來爭。他不去攻打其他國家，自然有其他國家來攻打金陵。與其等著被宰割，倒不如拿起武器去掠奪。

「雛兒。」謝安淮拉著她的手，重重歎氣，「若有朝一日，我成為了天下之主，不求四海來稱臣，只願國泰安康，百姓不再流離失所。那時的你，可否陪我共度這萬里山河？」

他低聲下氣地問，摸著穆宴雛的臉，緊張的看著她。穆宴雛想了想，低下頭，許久之後才開口道：「會的。」

明豔的笑容，溫柔的話語，在這個陰暗的牢房增添了些暖意。謝安淮用沙啞的聲音講述他到南國大軍打探消息到入牢的過程，已經對南宸變態的審問手法感到深深的恐懼。當晚他和侍衛們準備燒毀糧草撤離時，南宸早已派人在大營外守著，謝安淮等人被逮了個正著。他起初還納悶南宸怎麼會有如此早的準備，隨後一想他能那麼輕易地進入主帳竊取消息，也就明白這一切都是個局。探子被發現，南宸料到他們會來，便來個了局中局。如他所料，謝安淮落入了這圈套。

「南宸這個人，不僅狠毒，而且還頗有謀略。」謝安淮感歎著，腳不自覺地在地上摩擦。他眨著眼睛，在思索著什麼事情。

這時，士兵開了牢門的鎖，將兩個人押著出了地牢。炎熱的天氣，毒日上頭，兩人被帶到一個刑場。這裡屍體堆積，血腥味刺鼻，謝安淮跟隨的侍衛全部被帶到刑場。他們雙手被反綁，身上傷痕累累，還有的人臉上已經模糊不清，留下一雙空洞的眼睛還看得清。

穆宴雛頓時有些反感，她看著謝安淮，憤怒而無奈。

「殿下！」有人大聲喊道：「沒能保護好您，是臣等做手下的失職。殿下待我們不薄，只願來生還能替您效命。臣……先走了。」

他掙扎著站起來，朝著士兵手中的劍衝過去，一劍穿腸，血濺刑場。謝安淮下意識捂住穆宴雛的眼睛，壓制住內心的悲傷。

「殿下，小的以死效忠。」

「殿下！」

西突士兵毫不猶豫地砍下他們的頭，人頭滾落在穆宴雛的腳邊，那猙獰的面孔嚇得她退後了幾步。穆宴雛不小心一個踉蹌，撞到身後的南宸，南宸冷冷地扶住她，然後走到士兵們的面前。

南宸拔出腰間的劍，架在謝安淮的脖子上。「還有什麼要說的嗎？」

「放了她。」謝安淮挺直背，冷漠地盯著他，「跟她沒關係。一個小姑娘，你還不至於如此狠心對她。」

這話南宸聽起來就是個天大的玩笑，他收起劍，捏著穆宴雛的下巴，左看右看，笑道：「她闖進軍營的時候，是有做好最壞的打算。本王放過她一次，這次自己送上門來，那就怪不得本王了。」

謝安淮瞪大眼睛看著穆宴雛，問道：「你怎麼會和南王認識？」

即使心裡早就明白七八分，他仍然還是不願意相信。半刻鐘後，南宸放聲大笑起來，狠狠捏著她的下巴，吩咐道：「既然如此，本王再留你們幾日。不然，他到死都是不明不白。」

穆宴雛搖著頭，對著南宸惡狠狠地說：「混賬！」

第七章

黃雀在後

山林上的花開著正好，蝴蝶在飛舞，穆宴雛慢慢地睜開眼睛，對眼前的一切感到陌生。幾隻小兔子在穆宴雛的手邊徘徊，低頭吃著青草。這裡鳥語花香，蝴蝶時不時落在她的頭上，又悄悄地飛走。

她站起身來，來到河邊，用水洗了臉。水面倒影中的她，面若桃花，出塵脫俗，多了幾分靈氣。只是左臉那一道傷疤，讓人可怖。穆宴雛將手伸進水裡，冰涼的觸感讓她身心愉快。穆宴雛在樹上摘了幾個果子，坐在河邊一邊咬著果子，一邊回想起當時的情景。

南宸被謝安淮殺了，而千里迢迢趕來的燕王差點落入謝安淮的手中。燕王收到穆宴雛的信後，在城樓上失眠了一夜。最終，燕王還是答應了穆宴雛的要求，來到南國救下了謝安淮。此時，早就在南國軍營大外等候的金陵士兵，衝進來燒了他們的糧草，而左聃拿下了南宸，送到謝安淮面前。

那個時候的謝安淮已經得知穆宴雛的身分，他絕望的殺了南宸，同時也讓人追捕逃跑的穆宴雛。

她清楚地記著燕王拿著刀架在穆宴雛脖子上，威脅謝安淮退兵的時候，她才知道，原來她的生命在燕王眼中一文不值。

穆宴雛那個時候真的不甘心啊！她知道謝安淮不會退兵，燕王一定會殺了她。她靠近謝安淮只是為了奪取密函，這一切，謝安淮都已經知道了。他把穆宴雛這張臉刻在骨子裡，沒有辦法去原諒她。

就算能僥倖活下來，謝安淮也會通緝她。穆宴雛狠心毀了自己的容貌，衝出這片戰場。她逃了三天三夜，不幸墜下懸崖，醒來後便在這山林之中。

水裡的魚游到穆宴雛腳邊，她瞧著，便無奈地起身。穆宴雛不知道該往哪裡去，只好一個人走著走著。

她在河流下方發現一個女子，便問她這裡是何地方。女子抬起頭，容貌絕美，五官就像是畫上去的。穆宴雛癡癡地盯著女子的臉，失了神。

「請問這是什麼地方？」穆宴雛問道。

女子面部有些僵硬，盯著穆宴雛的臉仔細瞧了一會兒，有些不情願地回答道：「這裡是瞿城。」

「瞿城。」穆宴雛喃喃道。

她回想起喬翊說過的話，瞿城是個美人如雲的地方，與世隔絕。

「那我要怎麼樣才能離開這裡？」穆宴雛問道。

「離開這裡？」女子挽起袖子，瞥了她一眼。「我還以為你是來找巫師呢！」

穆宴雛疑惑道：「巫師？」

「你長成這個樣子，難道不是來找巫師嗎？」女子瞧著她臉上的疤痕，又摸著自己的臉，笑道：「瞿城遍地都是美人，是因為她們都去找了巫師修復容貌。」

「真有此怪術？」穆宴雛繼續問道。

「當真。」女子在河邊浣紗，笑意盈盈，「瞿城的巫師是整個天下最好的巫師，只要他願意，大可以送你這傾世的容顏。他對每個人的要求不同，做出來的樣子自然也就不一樣。」

穆宴雛摸著自己臉上的傷疤，低下頭：「我現在也不知道該往何處去，姑娘能否收留我幾日？我不會麻煩到姑娘的。」

女子又笑了：「姑娘？我這年紀，你都該叫我姑姑了。」

浣紗完後，女子背起籃子，帶著穆宴雛走出這片山林。她們下了山，來到瞿城外，排著隊等待搜查。等到入城，穆宴雛跟著女子來到一家府邸後院，女子放下籃子，把紗掛在杆子上。

女子叫阿仟，是這府邸主人的外甥女。她家中落道，被父母送到舅舅這裡生活。雖然有著血緣關係，可府邸上的僕人都不正眼瞧她。如今三十有二，連個孩子都沒有。

「你呢？你怎麼會在山上？」女子在收拾屋外的落葉，問道。

穆宴雛不願意說，女子也就沒有強求她。她跟著女子進屋，洗了個澡，換了身衣服，吃完飯，問起巫師的事情。女子告訴他，巫師在一處偏遠的地方，叫閻陽閣。從這裡到閻陽閣，快馬加鞭，不出一個時辰就能達到。

休息完後，穆宴雛戴上面紗，孤身前往閻陽閣。

閻陽閣的閣主是巫師，他不會輕易答應任何人的求見。穆宴雛到了閻陽閣，這裡只有一座兩層高的閣樓。四周是密密麻麻的樹林，全部在掩蓋著這座閣樓。南邊還有一條小河，通往沒有盡頭的東方。

穆宴雛來到滿是灰塵蜘蛛的閣外，用力推開門。裡面空蕩蕩的，不過很是乾淨。比起外面，裡面可以算是特別乾淨了。穆宴雛上看下看，走到樓上，發現這裡有一個瞭望臺。從這個地方望去，可以看見整個瞿城。

「你不知道入我閣的規矩嗎？」

頭頂上方傳來男子的聲音，穆宴雛抬頭一看，卻是什麼人都沒有。穆宴雛下意識回到閣內，留意四周。

「這世間有四種寶物最為珍貴。和氏璧，夜明珠，麒麟角，還有鮫人淚。你來換容貌，可有東西比這四種寶物還珍貴？」

穆宴雛退後幾步，不巧碰到了閣內的機關。暗箭發出，她勉強躲過。她咬著嘴唇說：「我身上沒有比這四種東西更加珍貴。你如此刁難我，無非就是玩我！」

寶物的貴重，不是尋常東西可比。穆宴雛空無一物來到閻陽閣，他想必也是看在眼裡。

「我不做免費的買賣。既然如此，閣下請離開吧！」

「等等。」穆宴雛喊道，「我身無長物。」

半響後，男子出現在她身旁，靠在她的耳邊，細細琢磨道：「你的意思，是拿自己來換嗎？」

男子溫柔地看著她，笑了起來。「我說笑的，小姑娘。說吧，你想要什麼樣子的臉。」

「我的臉在一次意外後留下了傷疤。我想要換一張臉。至少，不是我原來的樣子。」穆宴雛驚訝於男子態度的變化，也只是淡然接受。

「我叫夏侯徽，是整個闍陽閣的主人。」他走下樓，邊走邊笑。

巫師這種人已經存在很久了。最早的時候，他們被當作是禍亂，邪惡的代表，被人趕盡殺絕。最後，存在這個世界上的少之又之。巫師只是一個稱謂，並沒有像他們說所的那般邪惡。

夏侯徽讓穆宴雛喝下藥，躺在床上睡上一天。他看著穆宴雛臉上的疤痕，不禁搖頭。他在外頭採了些草藥回來，熬上幾個小時，再用小刀把她的疤痕割去。接著用草藥暈染的顏色，在她臉上描繪起來。

所謂的畫皮之術，其實是用一種染料去重新描繪面孔。

時間一點一點流逝，穆宴雛在夢裡又夢見了少年時期的燕王，俊美柔和的五官，氣度不凡，對她淺淺微笑。她其實很想告訴他，真的很喜歡他。轉眼間，穆宴雛看到謝安淮抱住她，承諾她此生沒有分離。

年少青衫薄，很多時候，穆宴雛又能明白多少。

隔天，陽光正好，夏侯徽坐在外面吹簫。穆宴雛被簫聲驚醒，她摸上自己的臉，光滑柔軟。穆宴雛趕緊跑到鏡子前，盯著鏡子裡的自己。就像是換了一張臉，但扯著自己的皮膚，沒有變化。

鏡子中的人，粉脂凝香，至真至純，一襲白衣更是脫俗。

「這張臉……」穆宴雛跑到屋外，欲言又止。

他只顧著吹簫，沒有理會穆宴雛。等到穆宴雛不耐煩的時候，夏侯徽才停下口中的蕭，含著笑意說：「我見你與我有緣，便給了你這傾世的容顏，還不滿意嗎？」

「我要這傾世容顏有何用。」穆宴雛淡淡的問道。

「女人應該慶倖自己有如此容貌。」夏侯徽繼續吹簫。

閣樓外的鮮花長年不謝，來訪的客人都被這一幕驚豔。穆宴雛躺在花叢中，沐浴著陽光，蝴蝶在她身邊飛舞，好不快活。她有些累了，閉上眼睛，慢慢睡去。穆宴雛發現自己越來越貪睡，想著會不會是身體出了狀況。隨後一想，估計只是累了。

「你需要留在這裡調養幾天。這樣，這些日子，你替我把這片花林給澆了，我也可以休息一下了。」夏侯徽走到她身邊蹲下，發現她已經睡去，便沒有吵醒她。

在閻陽閣的這個月，穆宴雛每日給花澆水，要麼就是給夏侯徽曬衣服。她還是會常常想睡覺，夏侯徽給她開了一味藥，一天三次，她的症狀才開始好起來。有一次她給兔子餵食物，不知不覺靠在樹邊睡去，到了傍晚都沒醒，還是夏侯徽抱她回去的。

她常常會在夢裡喊謝安淮的名字，會被噩夢驚醒。穆宴雛已經不可能再回去了，她想找個安靜的地方生活下去。閻陽閣四季如春，如果夏侯徽同意，她倒想一直待著這裡。當她想要問夏侯徽時，卻被他一口拒絕。

「我這閻陽閣可不是客棧，你若真的無處可去，不如進宮。」夏侯徽下著棋，讓穆宴雛陪同下。「瞿城一半的美人都被送進宮給城主，就算沒有被臨幸，在宮內至少衣食無憂。」

穆宴雛下黑子，擋住了夏侯徽的去路。夏侯徽想了下，吞了她五個棋子。

「瞿城城主？他是什麼人？」穆宴雛問道，聲音含糊。

「與其問我，你倒不如親自去看。」夏侯徽再次把她逼她角落，半個棋盤都是夏侯徽的棋子，勝負已經很明顯。

她收起棋子，氣色不好，臉色蒼白，沒有血色。「跟你下棋還要費盡心思，這棋我不下了。」

「怕輸？」

穆宴雛白了他一眼，擺正態度：「不已經輸了嗎？」

「你不適合下棋。畢竟，棋者無心方能獲勝。而你，有心了。」夏侯徽抬頭微笑，雙手放在膝蓋上，一本正經的說。「對你來講，或許是件好事情。」

「為何？」穆宴雛問道。

「無心無情，那是帝王。」夏侯徽收拾好棋牌，起身低頭看了她一眼。「好了，去做飯吧！」

「我不會。」穆宴雛一臉不願意。

夏侯徽淡淡的笑著，彈了一下她的額頭：「那去摘些果子回來。」

她問過夏侯徽，整個龐大的閣陽閣為何只有兩個人。一個是夏侯徽，另一個是常年在閣樓後面釣魚的老頭。老頭一天到晚坐在那裡釣魚，沒看見他起身過。竹籃裡空無一物，連條魚仔都沒有。

夏侯徽說這座閣樓是前朝皇帝為夏珠所建，日日夜夜歌舞昇平，只為博取美人一笑。此樓能望見整個瞿城，是個觀賞的好地方。原本的閻陽閣熱鬧非凡，上上下下有百來人。不過自從前朝滅亡，閻陽閣也就廢棄了。夏侯徽是因為他的師傅囑咐要看好這個閣樓，所以才留在這裡。

加上畫皮之術的流傳，不少人找他修復容貌。可夏侯徽平日喜歡清靜，能接待的客人少之又少。漸漸地，他也就懶得去打理閻陽閣。

穆宴雛爬到樹上摘果子，滿滿的一籃果子，扛著十分重。她有時候會在河邊玩水，還抓了幾條魚回去，夏侯徽每次看見她玩了一身濕透回來，會忍不住皺起眉頭。她身上的傷還沒癒合，怎麼可以到處亂玩。

一個月後，夏侯徽突然提起金陵太子，穆宴雛手一抖，杯子掉落在地上碎了。

「太子大婚，金陵上下舉國慶賀，金陵王更是大赦天下。你瞧，都鬧到瞿城裡來了。」夏侯徽在觀望臺上瞧著，風吹亂了他的衣裳。

「金陵太子，」穆宴雛問道，「娶的是誰？」

「清河郡主。」夏侯徽平淡地回答。

穆宴雛沒有說話，望著這座瞿城，心裡幾分疼痛。她腦子有些疼痛，站立不穩。風越刮越大，夏侯徽見狀，立馬將她扶到屋子裡。

之後的幾日，穆宴雛生了場大病，臥床不起。她每天魂不守舍，除了吃飯就是睡覺，身子一天比一天差。夏侯徽有時候會抱她出去曬曬太陽，不然穆宴雛整個身子都是冷的。

「夏侯徽，等過了這段時間，讓我進宮吧！」穆宴雛拉著自己的衣裳，頭埋在膝蓋裡。

「為何突然這樣想？」他問道。

「比起過著平淡的日子，我還有更重要的事情要做。」穆宴雛握著拳頭，抬頭又低頭。「我依然是穆宴雛，只不過，過去的一切與我再無關係。」

良久，夏侯徽回答道：「好。」

第二天，夏侯徽給穆宴雛把脈的時候告訴她，她體內還有毒素未清理乾淨。穆宴雛尋思著告訴他之前被下毒的事，看看能不能查出什麼蛛絲馬跡。夏侯徽取了她的幾滴血，驗了許久，才確定這是一種慢性毒，名為七花藥。

七花藥名為藥，實際上是種毒，只生長在北方。

「北方，燕都。」穆宴雛不可思議的搖頭。

夏侯徽給她配了藥，好奇的問道：「誰能怎麼狠心給你下這種毒？」

「能給我下毒的人，估計是恨透了我。」她喝著藥，自嘲道。

「說起恨，我想起了下落不明的妹妹。」夏侯徽看著她喝藥，望向別處，「她被人陷害後，在病床上躺了幾天幾夜，不知所蹤。」

穆宴雛將碗停在嘴邊，「現在一點消息都沒有嗎？」

「沒有。」他握緊拳頭，眼裡的恨意隨即而過。「她是我同父異母的妹妹，自小喜歡膩著我。但那一年出了意外，她被陷害入獄，在裡面過著生不如死的日子。我跑遍了整個瞿城，疏通了所有人脈，才把她救出來。之後，她一直生著病，臥床不起。在一個夜晚，人就憑空消失了。」

夏侯徽說著說著，拳頭握的更緊了。妹妹是他捧在手心裡呵護長大，打小沒有受過委屈。那一年，她消失後，夏侯徽找了許久都沒有找到，到最後不得已放棄。

看著夏侯徽眉頭不曾展開，穆宴雛頓時心疼：「你妹妹，一定是個很漂亮的女孩子吧！」

他搖頭：「我沒有給她美貌，她只是個普通人。跟你比起來，自然是比不得。」

穆宴雛喝完藥，放下碗，歎了一口氣。她突然間笑起來，笑聲如鈴鐺般清脆。她靜靜地聽著夏侯徽講著她妹妹的故事，安靜得不出一絲聲響。能有如此用心而深情的哥哥，她的妹妹也算是幸運。

可惜，穆宴雛與自己的弟弟已經無半點聯繫。根據穆易的情況，只怕現在穆宴雛還在府上，也難以見他一面。穆宴雛或許沒有特別重感情，但她對親人卻是格外好。她對弟弟的喜愛，比誰都要沉重。

「好好休息，我先出去了。」夏侯徽把桌子上的藥渣收拾乾淨，就出了屋子。他悄悄掩蓋上門之時，瞥了穆宴雛一眼，然後緊緊閉上門。

閣前的飄葉落在地上，夏侯徽坐臥秋風，望著北方而興歎。

在闔陽閣的河邊，穆宴雛光著腳浸在水裡，嘴裡哼著小歌。她坐在那個老頭身邊，看著他釣魚。竹籃裡有一條鯉魚，穆宴雛瞧著，有那麼一瞬間想要將這條鯉魚討回去煮了吃。老頭能釣上一條魚已經是不容易，穆宴雛便打消這個念頭。

河流的水清澈涼透，穆宴雛滿心歡喜地踢打著水面，濺起的水弄濕了她的衣裳。老頭上了年紀，聽不清別人說的話，自然而然也就不跟人打交道。他日日坐在河邊釣魚，傍晚就到閣樓上煮食物。每天早晨醒來，穆宴雛都能喝到一碗熱氣騰騰的麥芽湯，是老頭親自做的。

老頭的頭髮已經白了半邊，時常會咳嗽，衣服裹得嚴嚴實實，不透一絲風。他下垂的眼睛，有幾分滄桑。老頭看了她一眼，露出和藹的笑容。他伸出手摸著穆宴雛的腦袋，如同對待自己的孩子一般溫柔。

手上的繭厚厚的，穆宴雛感到有些粗糙，她凝神看著老頭，淺淺微笑。讓她意外的是，老頭竟然跟她說話了。遲鈍緩慢的聲音，透露著一股疲憊。

「來闔陽閣求美貌的女人很多，你這麼點大的孩子很少見。一般來闔陽閣的女人大多二十來歲，不是為了進宮就是為了嫁個好人家。她們拿來換的東西不是稀世珍寶就是別人的命，閣主給人無條件的修復容貌，我還是第一次遇見。你身上，到底有什麼特別之處？」他講的很慢很慢，慢到穆宴雛都想打瞌睡。

穆宴雛撐著腦袋，滿臉笑意：「別人的命？什麼意思？」

「他沒同你說？」老頭問道。

「沒有。」

夏侯徽對來訪的客人有個很特別的規矩，如果沒有稀世珍寶來換，那就拿別人的命來換。女人的欲望總是滿滿的，為了美貌甚至可以殺人。老頭說這一點都不稀奇，來著把人送到夏侯徽面前，活生生的扼殺，那場面可真的夠噁心。夏侯徽的怪癖，老頭也不理解。

一個醫術不淺的人，卻做出殺生之事，實在令人匪夷所思。

穆宴雛雙手放在背後的草叢中，支撐著身子，整個人向後躺去。她抬頭望著湛藍的天空，喃喃道：「生死自有定數，命該不該盡，不是我們說了算。」

老頭釣起一條魚仔，把鉤子從魚的嘴裡拿出來，看著穆宴雛。他沒有聽見穆宴雛說的話，只是淡淡的說了一句：「他也並非那麼絕情，只是很多東西不是我們能理解。」

他說了很長很長的一段話，穆宴雛聽了很久，沒有心思聽進去。大約到了午時，下起了大雨，老頭收起魚籃，和穆宴雛一起回到閻陽閣內。他去廚房煮了魚湯，穆宴雛一連吃了兩碗，認為老頭的廚藝真的很不錯。

過一會兒，雨停了。

待在閣內悶熱，穆宴雛便在書房拿了一本書，坐在閣外的小凳子上仔細看了起來。這時，一雙溫柔的手觸碰她的肩膀，夏侯徽似笑非笑地看著她。大概是緣於夏侯徽那雙明亮的眼睛，穆宴雛不自覺地盯著他。俊朗的五官，溫暖的笑容，掩蓋了他殺人時的冷漠。

「要去騎馬嗎？」他問道。

穆宴雛眼睛亮了起來，高興的點頭。夏侯徽從閣外牽拉兩匹馬，一匹白色，一匹紅色。他把那匹白色的馬給了穆宴雛，自己則騎紅色的馬。兩人沿著河邊慢慢地騎，穆宴雛握緊轡繩，望著前方。

閭陽閣風景優美，四季如春，到了秋天，也是沒有絲毫冷意。穆宴雛一身白衣，輕飄飄的袖子隨風而動。

「你是哪裡人？」夏侯徽問道。

穆宴雛想了想，乾脆地回答道：「燕都人。」

「燕都，是個不錯的地方。你們那裡，一定很美。」

「是很美。」穆宴雛向他調皮的眨著眼睛，一笑便是傾城。「如果可以，我想回到燕都，去那裡的酒樓喝個大醉。還有塞外的落日，甘甜的羊奶。有時候，我會穿著男人的衣服，去窯子裡看歌舞，被家主發現的時候還得罰跪幾個時辰。」

這話說的有意思，夏侯徽點點頭，語重心長道：「姑娘家少喝酒，窯子不要去逛。你做的事情怎麼像個大男人似的，那麼瀟灑。」

「可不是，自由慣了。」她像被針紮了幾秒，繼而開心道：「其實我哪裡有那麼瀟灑，不過只是不想被再被約束了。」

「你真的決定要進宮？」夏侯徽心神不寧，凝神道。

「是啊。」

「進宮後你要做什麼？」

「我想要權力。」穆宴雛沒有顧忌地回答道：「我也沒有想好要做什麼，等進宮後，一切按照天意來。你呢？你要做什麼？」

「我想要這千里瞿城，你說可能嗎？」他笑道。

穆宴雛突然沒有了笑容，她微微低頭，開口道：「君若想要千里瞿城，除非顛覆了天下。可逆天而行，真的不怕天降罪嗎？」

她如小鹿般的眸子清澈乾淨，仿佛眼中有畫。夏侯徽看著她美好的側顏，頓時啞口無言。穆宴雛只當他是玩笑話，一笑置之。他們兩個騎著馬到了很遠的地方，晚上打了獵，靠著兔子吃。等到看完夜空閃爍的星星，兩人才騎馬回到閣陽閣。

等回到閣陽閣，已經是半夜。穆宴雛洗了臉，躺在被窩裡翻起書來。她翻著翻著，快要睡著時，她清醒了一下，在書裡發現一張薄薄的紙。打開來一看，上面寫著密密麻麻的一段話，看了許久，她大吃一驚。

紙上有一句話是這樣寫著：西子湖畔，望斷歸來路。

字體秀氣，是正體小篆。如此正規端莊的字體，應該是女子所寫。寫的內容是她的傷心之事，句句泣淚。穆宴雛把紙張完整的放回去，然後翻了個身，朝著空蕩蕩的上空發呆。

已經入秋了，謝安淮已經回金陵了，燕王估計也回燕都了。她沒有回去，依依在宮內待不下去，可能也已經起身回燕都了。穆宴雛閉上雙眼，回想起當日和謝安淮說的話，不禁在心上緊了一刀。
當日在牢內，謝安淮發了瘋似的想要扼死穆宴雛，可他最後還是心軟，放開了她。謝安淮平靜的聽她講完一切，穆宴雛唯獨沒有講出她是燕王的人，其餘的，謝安淮如此聰明之人，只怕是想也能想明白。
那一日，謝安淮派人追殺她，只怕也是狠下心。那樣高的懸崖，沒有人認為她還能活著。謝安淮，總歸當她是死了。
穆宴雛抓著床褥，細細想起那句話，盛開的溫柔，千回百轉。沒有記憶能全部消失，愛也好，恨也好，都將伴隨一生。

清晨醒來，穆宴雛騎著馬去了女子的府上，和她告別。之後，穆宴雛重新回到了那片山林，躺在她醒來過來的地方，望著湛藍的天空，眼裡有一絲憂鬱。那幾隻毛茸茸的兔子還在四處蹦躂，看見穆宴雛，竟然很乖巧的靠在她身邊。手上傳來溫潤的濕度，穆宴雛把兔子抱在懷裡，興奮的撫摸著它們。
還有幾隻剛出生沒多久的小崽子，身子小小的，穆宴雛生怕動作再用力一點都會傷到它們。這片山林微風拂過，吹散了穆宴雛凌亂的髮絲。她只有一個人待著的時候，才會感到放鬆。
這段時間，她有許多事情想不起來，腦子就像被奪去了一塊記憶，對謝安淮越發模糊起來。

穆宴雛放下兔子，撥開髮絲，眼裡盡是無奈。她站起身來，在山林裡閒逛。這片山林不寒冷，她走著走著覺得分外炎熱，便脫了外衣。山林有罕見的麋鹿，穆宴雛躲在樹後瞧著，小心翼翼的上前。麋鹿似乎是受到了小小的驚嚇，好在沒有傷到穆宴雛。它溫順地低下頭，眼睛如同水晶般透亮，清澈美麗。

穆宴雛輕輕地摸著它的鬢毛，突然被麋鹿的一聲慘叫嚇到。麋鹿頓時倒在地上痛苦的掙扎，穆宴雛望著後方，一名女子拿著箭，衣著華貴，含笑看著她。

女子走上前來，蹲在地上看了麋鹿一眼，把箭從它的身上拔下來。「只是麻醉而已，醒來後就沒事了。」

她的聲音如同黃鸝般婉轉動聽，一身深藍色的衣袍，加上墨髮玉顏，一股英氣撲面而來，是男子沒有的柔美，也是女子沒有的剛強。女子拿著箭，看了穆宴雛幾眼，笑道：「我叫沈寂。你呢，你叫什麼？」

「我叫穆宴雛。」穆宴雛見她豪邁，不由得多了幾分喜歡。

「這裡基本上很少有人會來。狼啊，虎啊，還有好多毒蛇毒蟲，你一個人很危險的。」沈寂指著地上的麋鹿，語氣強硬，「這種麋鹿看起來溫良無害，實際上你只要不小心傷到它，可能就會讓你有喪命的危險。」

穆宴雛點頭道：「是這樣哦！」

沈寂笑道：「不過這山林的兔子烤著吃可是十分美味，河流裡的魚也可以吃，都是在其他地方吃不到的美食。」

「沈姑娘還真的是有趣。」穆宴雛淺淺地笑著，打算轉身離開。

還未走幾步，沈寂叫住了她。「宴雛，留下我們一起烤魚吃吧！」

穆宴雛繼續走著。

她又大聲喊道：「很好吃喲！」

穆宴雛終於忍不住笑了，她回過頭：「好啊！」

山林裡的魚生活在清澈的水中，穆宴雛挽起袖子下水，捉到兩條。她回頭看沈寂，用樹枝做的叉子可比她用手快多了。兩人在水裡遊玩，弄得一身濕的兩人在河邊烤起火來。沈寂的衣服極其華貴，穆宴雛瞥了一眼她腰間的玉佩，是純正的祖母綠。這種東西一般在宮外很難看到，大多是給王室的用品。

沈寂年長穆宴雛兩歲，樣子秀美俊俏。她烘乾衣服，翻著火架上的魚，認真的樣子特別可愛。她遞給穆宴雛一條魚，撒上自己帶來的調料，味道十分鮮美。穆宴雛啃著魚，時不時瞥了她一眼，立體的五官像是西域來的女子，充滿異域風情。

「宴雛，你是做什麼的？」她咬著魚，語次不清，「我見你這般氣度，大概是哪家的小姐吧？」

穆宴雛聽後，苦笑道：「我只是一個無依無靠之人。你的衣著如此華貴，才是大戶人家才對。」

沈寂吃完一條魚後，雙手搭在膝蓋上，笑道：「倒也不瞞你，我父親是瞿城的將軍，手握重兵。我呢，是二夫人生的女兒，還有一個和我長的八分像的姐姐，都是將軍府的小姐。今天看到你，覺得你非常爽快。就當交了你這個朋友！」

性子爽快，說話也爽快，穆宴雛瞧著她，笑道：「好。」

「來我府上玩如何？」

「改日。」穆宴雛回答道，「今日，怕是沒時間了。」

「那好。」沈寂跑到河邊洗手，她有些呆滯。

到了午時，兩人騎著馬離開這片山林。一路上，沈寂談起她家的事情，一副愁眉不展的樣子。她的姐姐就要嫁人，對方是她父親旗下的一個將領。她的姐姐不喜歡那個那個男人，那個男人也只是奉旨成婚，兩人之間一點感情都沒有，沈寂一直擔心姐姐嫁過去會不快樂。

「她叫沈棠。」沈寂看著穆宴雛，淡然道，「父親自小比較疼愛我，姐姐也是處處讓著我。她沒有我那般受父親寵愛，一直以來都是孤零零的一個人，沒有什麼朋友。姐姐唯一能訴述心事的，是府上一個打雜的小夥子。她是小姐，怎麼能跟一個身分卑微的下人廝混在一起。」

聽到這番話，穆宴雛笑容平靜，溫柔的道：「情愛之間，又豈是身分能決定。你看岩悰不也為了一個青樓女子而散盡家財，最後落得一個人亡財盡的下場。」

「男人和女人怎麼會一樣的來？」沈寂不解的問道。

穆宴雛沒有再說下去，她含笑不語。兩人在城內下了馬，去酒樓喝了酒，花樓看了戲，對酒談論天地之大。在萬花館的二樓，穆宴雛喝著酒，望著臺下的說書人，淺笑著。沈寂嗑著瓜子，不屑地看了說書人一眼，笑道：「這年頭，能來聽故事的都是閒人。」

「此話何講？」穆宴雛問道。

「外面戰亂不斷，能有心思來聽故事，都是不知道憂愁的人。臺上唱著曲子的歌女，自然不懂內外憂患。」沈寂耷拉著腦袋，在桌子上畫著圈圈，「我還以為你是明白人。」

明白又能如何，到頭來還不是喝著酒，聽著曲，什麼事情都做不成。穆宴雛提腳放在椅子上，單手放在膝蓋上，仰頭而盡。她眨著眼睛，得意洋洋，放聲大笑。

「你笑什麼？」沈寂突然間惱了火，沒好氣的問道。

穆宴雛扔掉酒杯，臉色凝重，她微笑著說：「沈姑娘識大體，也聰敏過人。只是這家國之事，我想令尊也捨不得讓沈姑娘傷身。沈姑娘，還不如學學女紅，嫁個好人家。畢竟，女子以姻緣為大。」

「你錯了。」沈寂站起來，插著腰，一臉不情不願，「我跟那些女人不一樣。我才不要讓別人來安排我的命運。憑什麼啊?就憑這天下是帝王家的天下是嗎?」

周圍一片平靜，客倌都往兩人這裡望了幾眼，又當作沒有事情發生。沈寂俯視著穆宴雛，那不屑一顧的樣子真想讓人揍她一拳。穆宴雛握著拳頭，還是笑意不減。良久，她撿起地上的杯子，放回在桌子上。杯子沒有碎，還是完好無缺。

「沈寂，你的話可是大逆不道。」穆宴雛歎了口氣，別過臉。「我何時也曾和你想的一樣，但你要知道，天下誰主，都是相同的結局。」

「宴雛，你活得太透徹。」沈寂臉色尷尬的咳嗽兩聲，故作深沉，「不過，我能遇見你，大概是上輩子積累的福氣吧！」

「我要回去了。」穆宴雛也朝她笑了笑，「今日能和你結交為朋友，來日若是你有所需，我必然幫你。」

她拍了拍穆宴雛的肩膀，笑道：「痛快！我以將軍府小姐的名義，和你結為好友。只要你有事，我大可幫你。」

「那我先走了。」穆宴雛拱了拱手，走下二樓。

萬花館的門外，有幾個乞討的小孩子。臉上髒兮兮，連衣服都是破爛不堪，唯有那雙眼睛還是乾淨。穆宴雛想了想，從身上掏出僅剩的銀兩給他們，不料一個孩子拉住穆宴雛的衣袖，面無表情道：「謝謝姑娘。」

穆宴雛輕輕地甩開袖子，小孩有些委屈地低下頭，他的臉色難看了些。穆宴雛騎上馬，望了一眼他，然後揚長而去。

回閻陽閣晚了，夏侯徽冷著臉坐在外面，一語不發。他抱著胸，朝著遠方的夕陽，眼裡是捉摸不清的情緒。穆宴雛把馬牽到閻陽閣的後面，在河邊洗了手，看著水面中的自己，總是會不自主地摸上自己的臉。瞿城的畫皮之術，的確不同凡響。

水裡游過來幾條黑紅斑點的魚，穆宴雛悄悄地把手伸進水中，魚在周圍遊走。她在河邊坐下，長天一色的夕陽，美不勝收。夏侯徽悄悄地站在她身後，迎風而立。

「後天我安排你進宮，你且去收拾收拾。」夏侯徽狹長的眼睛看著穆宴雛，摸了摸下巴，「你真的想好了嗎？這一路，可能是沒有歸路。」

「想好了。」穆宴雛笑了笑，「這世間所有的事情都有因果，我去尋因，接受果。」

「那好，那你早點休息。」夏侯徽頓了頓，心底愕然。隨後，他滿懷心事離開。穆宴雛向後瞥了他一眼，不語。

瞿城宮是天下最毒的宮殿，裡面有不少蠱師，還有五毒池。為數最多的是美人，城主後院三千，個個都是蛇蠍美人。城主名喚虛荀，除了宮殿內的人，沒有人見過他的樣子。傳聞虛荀如畫中人，驚才風逸，擅長研製毒藥。他一生所求，不過是長生不老之術。

穆宴雛沉思片刻，眸光一厲。

第八章 沈園美人

將軍府上有一對美貌的姐妹，是沈棠和沈寂。

她們是同父同母所生，有著八分像的樣子，性格卻截然不同。沈棠清冷，喜歡獨自一人待著，平時讀讀書，繡繡圖。沈寂性子豪爽，整日動刀動武，最喜歡去山林打獵。

沈棠到了已婚的年紀，上門提親的公子雖然絡繹不絕，但她都不喜歡。

穆宴雛聽沈寂說起她的姐姐時，總是不高興。後來想想也是，沈棠不及她妹妹瀟灑，全憑父母做主，難怪她眉間抑鬱。

進宮有段日子了，穆宴雛在城主的宮內侍奉，城主允許她自由出入，可以不必聽候他人的旨意。穆宴雛算不上是普通的婢女，也算不上是城主的人。旁人見她，也只是喊一聲「姑娘」罷了。

瞿城宮四周高牆，前三宮為正宮，後六院為偏院。要說瞿城宮最特別的地方，是一座名為沈園的院子。那裡住著一位嬪妃，聽宮內的婢女說，她叫鸞鏡，無姓氏。沈園終年開著花，永不凋零。這座院子別具一格，雕刻精美，範圍雖小，但該有的東西一樣不缺。

或許是因為沈寂這個名字，穆宴雛對沈園有特殊的感覺。

初到沈園，穆宴雛在柱子後面悄悄地探望。琴聲而起，女子揮舞著劍，翩若驚鴻。穆宴雛仔細瞧著，女子是鸞鏡，她容貌姣好，身子輕如燕，可在掌中起舞。

彈琴的男子是虛荀，進宮後穆宴雛便見過他。公子俊朗，琴棋精湛，不似傳聞中那般陰險。

虛荀突然停下動作，淡然道：「要看就出來看，躲著看可不過癮。」

鸞鏡聞聲停下舞劍，朝著柱子後方看了看，怒斥道：「哪個宮的婢女，如此沒有規矩。」

「鸞鏡。」虛荀示意她不要動怒，對著穆宴雛使了個眼色，「她是新來的，不懂規矩，我讓她在宮內自由走動，不算婢女。」

「那你出來。」鸞鏡不樂意地道。

穆宴雛從柱子後面露出頭，然後慢慢的走到他們面前。她低了底身子，然後低眸望著地面。鸞鏡抬起她的下巴，仔細瞧著，笑道：「你長的真好看，這張臉我都想要。」

「鸞妃。」穆宴雛輕聲道，「我這不過是一般的姿色，哪裡敢汙了鸞妃的眼。」

「這院子裡到處都是落葉，你去把這裡掃乾淨。」鸞鏡刻意刁難，無非是想探探她的心思。

虛荀出聲打斷了鸞鏡，「她不是沈園的人，不必做這些事情。」

「城主。」鸞鏡的聲音有些低啞，還有點委屈。她走到虛荀身邊，拉著他的袖子，「那你把她給我當沈園的人好不好？」

虛荀再一次出聲打斷：「不可胡鬧。」

穆宴雛退到一旁，淺淺地笑著。鸞鏡收起劍，不滿地回到屋子裡，啪的一聲就關上門。虛荀依然坐在那石板旁，緩慢地彈奏曲子。他說起五毒池的事情，臉色略顯蒼白，居高臨下地看著穆宴雛：「那蠱需要一月三次用血餵養，七七四十九天後方能養成。你決定要飼養嗎？」

「是。」穆宴雛沒有片刻猶豫，眼神複雜地看著他。

進宮前聽夏侯徽說五毒池中有一種蠱，名叫相思訣。這種蠱蟲分為幼蠱和母蠱，將母蠱種在別人身上，再用血餵養幼蠱。相思訣顧名思義，是情人蠱。不過，一般的人都種在仇家身上，一旦幼蠱死，被種了母蠱的人也會七竅流血而死。

少數女子會種在相愛之人的身上，只要對方變心，就會立即停止餵養母蠱，直到相愛之人漸漸死去。很少有人會去餵養相思訣，一來需要耗費太多的心血餵養，二來這是罕見的蠱，只生長在五毒池，尋常人是找不到。

穆宴雛養相思訣，是替虛荀餵養，這是虛荀答應她可以在宮內自由出入的條件。

「你來沈園做什麼？」虛荀眼睛瞇成一條線，笑意盡收眼底，「是聽婢女們說我金屋藏嬌，養了一個絕世美人，所以忍不住過來偷看？」

「那倒不是。」她語氣篤定，「聽城主的琴聲，讓我想起一個故人，於是就被吸引了過來。」

「你懂琴？」虛荀問道。

「曾何幾時，也有人問我這般問題。」穆宴雛舔了舔嘴巴，轉移開目光，「我不懂琴，也不想懂這世間的人情冷暖。」

穆宴雛說話小聲，沒有之前的爽朗。身在異鄉，多留個心眼是好。虛荀微笑，繼續撫琴，沒有讓穆宴雛退下的意思。入秋後，穆宴雛多穿了幾件衣裳，把頭髮高高挽起，畫了淡淡的妝，遠遠一看還以為是個假人。她把雙手放在嘴邊取暖，低著頭看著腳下的落花。

掉落在地上的花瓣，點點斑斑，好似墨畫。

一個時辰後，穆宴雛站得累了，於是開口問道：「城主，我能走了嗎？」

「我沒有讓你在這裡待著，你早就可以走了。」他抬頭看著穆宴雛，眼底的情緒摸不透。

「愣在這裡做什麼？」

穆宴雛放下手，向前走了幾步，笑道：「城主能送我幾罐子酒嗎？宮內酒甚少，沒有城主的允許，我是拿不到酒。」

「哦？」虛荀笑道，「叫婢女去後廚取便是。」

「多謝城主。」穆宴雛低了底身子，匆匆離開沈園。

今日見到虛荀，和平常相比，氣色虛弱不少。還有那個叫鸞鏡的女子，蠻橫無理，目中無人，對穆宴雛也是冷冷態度。這瞿城宮，美人如雲，連婢女姿色都是上乘。可虛荀除了鸞鏡，其他女子正眼都不瞧一眼，養那麼美人有何用，穆宴雛百思不得其解。

在轉角處，穆宴雛不小心撞到了鸞鏡，換了一身衣裳的她，顯得幾分端莊。鸞鏡盯著她，欲言又止。

最後，鸞鏡只好淡淡地說了一句：「瞿城宮眼睛多，你好自為之。」

說罷，她轉身離去。穆宴雛定住腳步，細細琢磨鸞鏡這句話，眉頭皺著，有了更多的揣測。

穆宴雛住在正三宮中南門宮的偏殿，她主要是侍奉城主。虛荀經常不在宮內，所以她平日也沒有特別的事情，澆澆花，泡泡茶，日子過得也悠閒。偶爾想起在金陵的日子，總是會不自覺地難過。

她搬來椅子在殿外躺著，望著陰沉下來的天空，不禁發抖。這時，有婢女過來跟穆宴雛說，今晚有貴客到，不知道穆宴雛是否要跟隨城主去應客。她坐起身子，問客人是誰。婢女低著頭，小心翼翼回答客人是來自金陵的太子和太子妃，城主很重視，命令各宮的嬪妃都要赴宴。

「為何那麼突然？」穆宴雛拳頭一緊，問道。

婢女趕忙回答道：「奴婢不知道。奴婢也是剛得知消息，才來問問姑娘要不要跟隨城主去赴宴。」

「我知道了，你下去吧！」穆宴雛扶額，擺手道。

「是。」

落花紛紛揚揚，落滿了穆宴雛的一身。她抬頭望著，又沉默低下頭。掌心的花瓣，脆弱而嬌嫩，輕輕一捏，就縮成一團。穆宴雛突然大笑起來，又閉口不語。

「今年的桂花可開的真好，可以用來釀桂花酒了。」穆宴雛喃喃道。

穆宴雛還是改不了愛喝酒這個毛病。她從殿內取來籃子，搖著低矮的樹枝，讓桂花落下。大約半刻鐘後，籃子已經裝滿，穆宴雛拿到池子邊淘洗乾淨，送到膳房去蒸乾。桂花酒是家主在每年入秋都會做的酒，味道甜美，入嘴即甘，能加上桂花餡的月餅就更好了。

雖然中秋已經過去，但瞿城裡面熱鬧不減，依然是熱熱鬧鬧。

穆宴雛去了五毒池，要放血餵養蠱。五毒池並不是池子，而是一個巨大的地洞。洞裡面全是不同的蠱蟲，要分辨開來不是那麼容易。穆宴雛把虛荀養的蠱單獨放在其他罐子中，好容易找到。

蟲的樣子可真的是難看，白色的身體蠕動著，沒有眼睛耳朵，只有張開嘴就是尖牙。穆宴雛拿著小刀割破了手指，鮮血滴落在罐子裡。兩只蟲聞到鮮血味，激動地湊過去吃起來。

「這瞿城城主養的都是些什麼怪物？」穆宴雛不禁感歎。

等到這兩隻蟲沒有動靜，穆宴雛把罐子放回原來的位置，然後離開五毒池。

五毒池陰暗潮濕，但凡走進去的人都會感到寒意，是個極陰之地。穆宴雛抖了抖身子，抱著胳膊走出五毒池的門。裡面真的太冷了，穆宴雛手腳都凍僵。

回到偏殿內，穆宴雛特意挑了一件豔紅色的金絲繡花長裙，將頭髮挽成鬟雲髻，畫上濃妝。她看著鏡子中的自己，眼神冷冷的，不帶一絲溫暖。良久，穆宴雛褪去衣裳，靜靜地在殿內休息。這次的赴宴，她打算不去了。

這一整個晚上，穆宴雛是在殿外看著星星睡去。

隔天，瞿城宮內沸沸揚揚，議論著昨晚的場面是多麼震撼。穆宴雛給虛荀斟茶，低頭望著他。

虛荀玩著茶杯，問道：「昨晚做什麼去了？」

「在殿裡休息。」

「我還以為你是不想見到什麼人，找個地方躲起來了呢！」

「最近身體疲憊，需要調養身子。」

「你可認識金陵的太子妃？」

「不認識。」

「哦。我昨晚見到，她好像說起過你的名字。」

「同名同姓之人，城主不必掛在心上。」

「『穆宴雛是金陵追捕的犯人。』你覺得這句話我能不放在心上？」虛荀微微凝眉，「話說回來，這將軍府的二小姐和你又是怎麼回事。」

穆宴雛定神：「她是我朋友。」

「昨天她能為你維護，你還走運的。畢竟，將軍府上的人也並非好惹。」虛荀歎著氣，問道：「你還有什麼事情？」

她向前走了幾步，低下頭，請求道：「城主，我有一事相求。」

「說。」他面無表情。

「我能護瞿城免於戰亂，城主能否將兵權交於我。」穆宴雛頓了頓，語氣沉重，「直到今天，我才知道，有些事情根本避免不了。我來瞿城，尋心，尋天意，尋因果。我不想逆天改命，也不願奸人所害。」

穆宴雛朝著他跪下，毫無畏懼地面對他。虛荀將她扶起來，用手將她的眼睛蓋住，輕聲問道：「穆宴雛，不要看這個渾濁的世間。我把兵權交給你，此後，記住你的諾言，護住瞿城。」

「城主做那麼快的決定，不怕我食言？」她開玩笑道。

虛荀笑道：「我信你。」

「多謝。」

穆宴雛展開笑容，無奈地歎口氣。

虛荀愣了一會兒，點了點頭。

謝安淮和步秋霜在瞿城小住幾日，穆宴雛儘量避開他們所在的地方走動。正巧在去沈園的路上，碰到沈寂。她和姐姐邊走邊聊，穆宴雛上前說了幾句，沈寂就和她離開。

「你什麼時候進的宮？」沈寂問道。

「有些時候了。」穆宴雛壓低聲音，「你呢？」

沈寂解釋跟隨姐姐進宮是來探望鸞鏡，她們兩個人自幼相識，如同親姐妹一般。穆宴雛好奇的問起鸞鏡，沈寂猶豫一會兒，拉著穆宴雛到亭子裡，開始滔滔不絕。

據說這鸞鏡和沈棠是在一次燈會上遇見，不打不相識，因為志趣相投，二人便走在了一起。鸞鏡沒有姓氏，從哪裡來也不知道。一年前，虛荀指明要將軍府上的一名小姐嫁於他，好控制將軍府的勢力。沈寂還小，這種大事就讓沈棠去頂著。結果沈棠不願意，於是鸞鏡冒充了她，算是合了沈棠的意思。

欺君之罪是滅門之災，鸞鏡的事情瞞不過多久。不過虛荀並沒有要問罪的意思，對那個女人似乎很著迷，所以那段時間迷迷糊糊就過去了。

「城主也不知曉她從何而來？」穆宴雛抵著下巴，遲疑片刻。

「城主哪裡會不知曉，只是不能公開罷了。」她笑道。

穆宴雛不依不饒地問道：「為什麼？」

「你見過那個女人吧？你看她的時候有沒有注意她的眼睛，是綠色的。這種東西，怕只有在說書人口中才存在吧！」沈寂嘴角上揚。

她不說，穆宴雛還真的沒有注意。她在鸞鏡面前一直低著頭，倒從未注意過她的眼睛。綠色瞳孔罕見，穆宴雛的純黑色瞳孔更罕見。

「嗯。我問你，昨個你去赴宴了嗎？」穆宴雛躲避她的目光，不自覺的搓手。

沈寂爽快地回答道：「我將軍府在瞿城的地位屈指可數，城主下宴，我自然是去了。昨個啊，那個叫謝安淮的太子長的可真好看，我看了他一整個晚上。就是他身旁的那位太子妃，臉色不太好，看起來陰氣沉沉。」

「你喜歡他？」這下輪到穆宴雛驚訝了。

她想了想，臉色微紅：「說不上喜歡，但是感覺和瞿城裡的男人不一樣。風度，雅量，還有那說話的聲音，是無法複製的。」

「他已經有了妻子。」穆宴雛提醒道。

沈寂毫不在意，甚至口無遮攔：「哪個男人不是三宮六院，妻妾成群？這種事情不是很正常嗎？」

穆宴雛沉默，她腦袋一沉，對沈寂的話無法反駁。她撩了撩頭髮，趴在桌子上，一動不動。過了許久，沈寂耐不住寂寞，打破了安靜。

「這會兒姐姐該找我了，先走了。」她站起來，向穆宴雛揮了揮手。

「好。」穆宴雛有氣無力的回答。

還沒有到深秋，天色微涼。穆宴雛在亭子裡淺睡去，夢中似乎看見有人給她蓋上衣裳。等被一陣笑聲吵醒，穆宴雛才發現蓋在自己身上的衣裳，原來她沒有做夢。

她定了神抬頭看，發現謝安淮正撐著頭休憩。穆宴雛瞪大眼睛，努力讓自己鎮靜下來。許久不見，他眉眼滄桑，少了幾分意氣。還是一襲白衣不染，墨髮披散。

大概是被穆宴雛的動作吵醒，謝安淮慢慢張開眼睛，看了她一眼。

穆宴雛拿著衣裳，笑著說：「謝謝你的東西。」

「沒事。」謝安淮拿回衣裳，淺淺笑著，「你是這個宮的人嗎？」

「嗯。」她回答道。

「我聽你的聲音很像我的一個故人。」謝安淮溫柔地說，「連你的動作和她都很像，只是長的不像。」

她低頭回答：「能讓太子這麼惦記的人，實在是很榮幸。」

「是啊，我放不下她。有時候，我想親手殺了她。可是，她沒了。」謝安淮突然間變得陰冷，一股寒意襲來，冷冰冰的眼睛盯著穆宴雛。

穆宴雛點頭道：「太子節哀。」

「你，」謝安淮趁著她不注意，捏住穆宴雛的下巴，打量著，「你身上有她的感覺，你叫什麼名字？」

「我叫阿顏。」穆宴雛隨便編了個名字，移開目光。

他的手停在空中，半響，無聲響的收回手。謝安淮沒有再看她，他轉過身子，對著亭子外的桂花樹瞅了半響，眼底全是悲傷。偶然間經過幾個婢女，有說有笑，其樂融融。她們看到謝安淮，低著身子行了宮禮，然後離開。穆宴雛剛想叫住婢女，他出聲阻止住了穆宴雛。

「你來這宮肯定沒有多久。」謝安淮篤定道，「不然，你早就想要離開了。」

莫名其妙的話，再次將她帶入疑惑。

瞿城這個地方聚集眾多巫師，邪門歪道不在少數。何況瞿城不附屬任何國家，是個遠離世俗紛擾的地方。這裡女子精通畫皮之術，容貌斐然。瞿城宮內每個月都有女子死去，死相恐怖，不知原因。最令人恐懼的是，每到夜晚，女人們抹去妝容，露出是一副稀鬆平常的樣貌，甚至還會是可怖的樣子。

「美人面目之下的心，到底是深藏不露。能生存在瞿城這個心生七面的地方，是要費勁多大心思。」謝安淮揉著腦穴，背轉過身，不願她看到眼裡的霧氣。

「那太子覺得，美人之面，能蠱惑的是人心，還是放不下的執念？」穆宴雛好笑地問道。

「此話何講？」他問道。

穆宴雛扶額大笑，心中一陣痛，開口道：「太子來瞿城，又是尋什麼？」

「沒有尋什麼，如你所說，只是放不下的執念罷了！」謝安淮眼中悲傷難掩，他走到亭子外，在桂花樹下張望。

空氣突然安靜下來，謝安淮筆直的站在那裡，一動不動。他微微抬起頭，不知道在想什麼。這時亭子外風大了起來，桂花落滿了他一身。謝安淮伸出手，少許桂花落在他的掌心，淡雅的黃色顯得十分嬌豔。穆宴雛走出亭子，蹲在桂花樹下，將地上的桂花捧在手裡，再向空中揚去。她望著抬頭的謝安淮，平淡道：「執念太深會入魔，太子還是放寬心好。」

「這時候的桂花開得真好！在金陵，很少看見有開得那麼好的桂花。」謝安淮轉移話題，稍微低頭看著穆宴雛。

她笑道：「是啊！我以前在其他地方，也沒有見到開那麼好的桂花。前些日子我特意釀了桂花酒，今日可以從地窖裡拿出來了。正好太子在，那我便去取兩罈酒回來。」

從亭子到地窖不過片刻鐘的時間，謝安淮早早就坐在桂花樹下等待，他靜靜地看著穆宴雛，不由得笑起來。她抱著兩壇酒，扔了一壇酒給謝安淮，自己則在他的對面坐下。穆宴雛打開酒蓋，朝著他仰頭而盡。

「這酒再過些時候拿出來，恐怕是沒有現在的味道。」穆宴雛抱著酒壇子，用袖子擦了擦自己的嘴角，大笑道，「太子覺得如何？」

「好酒！」謝安淮笑了兩聲，瞥了她一眼，「你釀酒技術不錯，平日肯定特別愛喝酒。」

穆宴雛回答道：「是啊！可惜這瞿城宮內酒少，城主又不肯多給我，只好自己釀著了。這桂花曬乾幾日，可以做成桂花酒糰子，到時候正好給沈寂留一些。」

謝安淮沉默不語，靜靜地喝著酒。兩個人各自想著心事，直到天色漸漸暗下來，她才站起身來，淺笑道：「今天晚了，我先走了。」

「你明日還來這裡嗎？」謝安淮問道。

「這些日子我還要替城主到寺壇一趟，恐怕是沒有時間了。太子若是有事情，讓婢女給我傳個口信便是。我住在南宮裡，太子可找個離宮內近的婢女，這樣來去方便。」穆宴雛淡淡地說，面無表情。

「好。」他看著穆宴雛的背影，不自覺皺起眉頭，隱隱覺得要發生什麼事情。

等到天黑，步秋霜在亭子裡找到已經喝醉的謝安淮，她上前喚了幾聲，讓婢女們扶著他回去。桂花樹下的兩個酒罈子，裝滿了半罐子的桂花。

要去寺壇祭祀的那天，剛好下起了大雨。穆宴雛想著去寺壇的禮儀過於繁瑣，便和城主商量著隔日再去。虛荀在殿內寫著信，他見穆宴雛端著茶進來，便問道：「有些日子沒見到你，在做什麼？」

「閑著無事，正好趕上桂花快要謝了，就琢磨著做了些糕點。」穆宴雛在他面前坐下，皺著眉頭，看著桌子上的信。

虛荀放下筆，抬頭瞥了她一眼，「我見那金陵的太子和你挺好，今個早上還派婢女傳了口信，正巧你不在，口信就到我這裡了。」

「他說什麼？」穆宴雛鬆開眉頭，淡淡地問道。

「瞿城近日熱鬧，想讓你帶他去看看。」

「宮中不是有侍衛？」

「和你投緣，想著讓你去。」

「不過因為一罈酒，太子倒是說笑了。」穆宴雛笑了笑，把臉埋在膝蓋裡，閉上眼睛，想了很久很久。

她似乎是累了，想著千里之外的燕城，仿佛自己還是在府上。這個時候，大概她在房間裡發呆，或者在書房待上一整天。她喜歡在林子裡捉兔子，然後把兔子帶回家養著。偶爾她也想去看看弟弟，每次到他門前，都只是無奈的歎氣，然後站在門口幾個時辰。

虛荀突然問道：「宴雛，來瞿城是為何？因為容貌？」

「不，我是來找東西的。」她從膝蓋裡抬起頭，一臉笑意，「城主，你養著那麼多的美人，又對她們沒有任何感情，為何不放她們離開？」

「不是我不放。」虛荀看著她，臉色沉重，「她們就像還未凋謝的花，還有未知的可能。時間到了，自然就會離開。」

穆宴離站起身來，打開窗戶，望著屋簷滴落的雨，眉頭舒展，淺淺道：「城主，過些日子，讓我下塞外一趟。大漠孤煙直，長河落日圓，已經很久沒有再見到了。」

「隨你願。」虛荀在研磨，手頓了一下。「宴離，瞿城對你而言，或許不是個好地方。我見你生性灑脫，瞿城之外的萬里山河更能讓你快樂。」

她沒有回答，眼睛眨巴著，整個人像一座佛塔般站立不動。許久，穆宴離喃喃道：「我何時也想像個尋常人家的孩子，不必擔心什麼時候被人算計，被人陷害，不必每天提心吊膽的與人凱旋。一旦失勢，便是萬劫不復的下場。想要從那個地方爬起來，需要太大的代價。」

「哦？」虛荀走到她身後，捏著她的幾根髮絲，笑道：「聽你這番話，我倒是起了好奇心。究竟要付出怎麼樣的代價，才能重新與之抗衡？」

她握著拳頭，無奈的瞧著雨落在水面上，泛起一圈圈的漣漪。穆宴離想了想，側過臉，漆黑的雙眸沒有任何情緒，如同死水一般平靜。「所謂的代價，不過是用生命去賭注。我信命，不信正邪。若是要我憑藉一個人的能力去對抗曾經的惡意，這個結果，需要用我一生去釋懷。」

「我很欣慰。」虛荀將手覆蓋在她的肩膀上，緊緊地抓著穆宴離，一字一句，語氣沉重，「你和她們不一樣。即使心狠毒下來，依然懷有良知。」

穆宴離挪動肩膀，把他的手從身上推開，向前走了幾步。她低下頭，看著自己張開的手掌，紋路清晰可見。那兩條接錯的脈絡，就好像交錯的命運，暗暗預示著未來。

她淺淺地笑起來，眼神黯淡。那微不可見的星光，似乎在掩蓋她的心慌。

雨下了整夜，穆宴雛站在門外一整夜，都不曾閉上雙眼。她抬起頭望著黑漆漆的夜空，不明的情緒在眼底劃過。

家主說她極其聰慧，是與非，對與錯，明明白白。她不願意被人所害，才學會了窺探人心。若是有朝一日，她遭人算計，那是不是辜負了家主對她的期許。

穆宴雛或許平生真的未見過，初見時那白衣勝雪的少年如此驚豔，溫柔了她的歲月。有匪君子，如切如磋，如琢如磨；皚如山上雪，皎若雲中月。

（未完待續）

後記

對於《長盛宴・美人妝》的上冊，我對讀者深感抱歉，她的出現一拖再拖，甚至到了截稿的日期，我也只是交出了七萬多字的答案，這遠遠不是我想要的。

我對自己負責，也對讀者負責。長達兩個月，我一直在給出最滿意的答案，或許所呈現給讀者，只是我能給出最好的。上冊有太多的伏筆沒有解釋，而這些懸疑我將會在下冊一一解開。

這本書作為我的重新啟航之作，希望可以開啟一個全新的世界。金戈鐵馬，江山美人，太多的故事等待我去描繪。

正如上冊穆宴雛的那句話「尋心，尋天意，尋因果。」我也在找尋一個因果。

臺灣繁體版在下冊會給出後續，這個在中國大陸的簡體版是沒有的。想要看後續的讀者可以之後去找到繁體版的《長盛宴・美人妝》，裡面有溫馨的後續哦！

我所有的作品皆為自己獨立創作，切勿侵盜版權。

由於我個人的身體原因，下冊最快在二〇一九下半年能完成。目前我的情況似乎不樂觀，記

憶缺失了一部分，希望能不影響到我的創作。

很高興認識臺灣的讀者，在我寫作的這條路上，謝謝你們給我的支持。

國家圖書館出版品預行編目資料

長盛宴．美人妝／佲靈陌 著. --初版. --臺中市：白象文化，2019.4
面； 公分.
ISBN 978-986-358-804-7（上冊：精裝）

857.9 108002340

長盛宴．美人妝 上冊

作　　者 佲靈陌
校　　對 佲靈陌
插　　畫 吳敬瑜
專案主編 陳逸儒
出版編印 吳適意、林榮威、林孟侃、陳逸儒、黃麗穎
設計創意 張禮南、何佳諠
經銷推廣 李莉吟、莊博亞、劉育姍、李如玉
經紀企劃 張輝潭、洪怡欣、徐錦淳、黃姿虹
營運管理 林金郎、曾千熏
發 行 人 張輝潭
出版發行 白象文化事業有限公司
412台中市大里區科技路1號8樓之2（台中軟體園區）
出版專線：（04）2496-5995　　傳真：（04）2496-9901
401台中市東區和平街228巷44號（經銷部）
購書專線：（04）2220-8589　　傳真：（04）2220-8505
印　　刷 基盛印刷工場
初版一刷 2019年4月
定　　價 300元